双《そう》鳥《ちょう》の尸《し》解《かい》

志賀姫物語

泉 竹史

郁朋社

双鳥の尸解

——志賀姫物語——

プロローグ

平安遷都後、二十年を経た弘仁五年（八一四）十一月のある日、大和国泊瀬《はつせ》にある滝蔵寺《たきのくらでら》の本堂内で、智泉《ちせん》という青年僧が倒れているのが見つかった。気づいたのは近くの長谷寺の寺僧である。

きっかけは、長谷寺の寺坊に投げ込まれた一個の紙つぶてだった。写経用の反古紙らしく、筆写し損ねた文字がいっぽうの面に見えたが、その反対側にこう記されていた。

「滝蔵寺に異事あり」

折しも長谷寺は、当時飛ぶ鳥を落とす勢いの藤原北家《ほっけ》一門の長谷詣を迎えてほとんどの寺僧が出はらっていた。紙つぶてをひろった留守役の寺僧もあわただしさのため、それをただの悪戯だと思った。しかし、反古紙といっても高価な紙がそこいらにあるわけもなく、妙なことだと気にはなったので、昼過ぎ頃一度滝蔵寺の本堂に出向いてみた。そこは内側から戸締りがなされ、かすかに香煙のような匂いもしていたので、話に聞いていた「修法《すほう》」の最中かと思い、いったん長谷寺に引き返した。夕刻、寺僧が再び訪れるとやはり堂は開かない。内からも物音はなくひっそりと静まりかえっている。いつもと勝手が違う。そこでやむなく格子窓を打ち破って暗い堂内に侵入し、内側から扉を開けたところ、落日に照らし出された青年僧の姿を見て度肝を抜かれたのだった。

寺僧の話によると、発見当時青年僧の肌は浅黒く変色していた。体のぬくもりは残っていたが、息は絶えていた。ただ、かつて端整だった相貌はそのままで、おだやかな表情だったという。周囲は別に荒らされた様子もなく、身体の打撲の跡や裂傷なども見あたらない。だが、だれがなんのために紙つぶてで知らせたのか、不審な点が多かった。

寺僧は、この事件をさっそく長谷寺来訪中の藤原北家の家人に告げ、指示を仰ごうとした。中央政庁の官人の方が話が早いと思ったのである。だが、これは見込み違いであった。職掌が違う、正規の手続きを踏むように、とニべもなく追い返された。そこで寺僧は郡司を介して国衙《こくが》に届け出た。しかし、官人が滝蔵寺へ赴いたのは翌々日であった。この間、事件の噂はたちまち近隣に広まり、狭い滝蔵寺の境内が野次馬でひしめき合うことになった。というのも、この青年僧は智泉といい、嵯峨天皇の治世下で盛名を馳せつつあった空海の弟子であったことのみならず、奇怪な行を行っているらしいと、以前から長谷寺周辺の僧俗の関心を集めていたのである。

年来の知友である泰範《たいはん》のもとにこの知らせが届いたのは、事件が発覚した翌朝明け方近くであった。このとき泰範は、室生寺に留錫《りゆうしやく》していた。泰範の旧師に当たる南都元興寺護命《ごみよう》の病を見舞った帰りに室生に寄ったのである。知らせてくれたのは長谷寺の若い沙彌《しやみ》であった。

とるものもとりあえず滝蔵寺に駆けつけた時には陽もだいぶ高くなっていた。群衆の興奮は一応収まっていたが、官人が到着するまでは、という長谷寺住持の計らいで、一般の僧俗の堂内立ち入りは禁じられている。

泰範はすぐ中に招じ入れられた。

本堂の中は火の気がなくひんやりとしている。智泉の体は見あたらない。

「僧の亡骸はどうされましたか」

「経蔵の方に移させておる」

と長谷寺の寺僧が答えた。

無惨な姿を堂内に晒しておくのはさすがに躊躇《ためら》われたのだろう。

「亡骸には対面させてもらえますか」

「それは構わんが、経蔵の鍵は長谷寺で保管しておるじゃによって、取ってこにゃあならんがのう」

と寺僧がいった。お願い申しますと泰範がいうと、寺僧はさっきの沙彌を呼んで取りにいかせた。

鍵がくるまで泰範は本堂で待つことにした。

この本堂は、もと泊瀬川上流の滝蔵神社が鎮座する山の麓にあったのが下流近くの今の地に移されたといわれ、寺号もそれにちなんで付けられている。さほど大きくない堂内は智泉が居住するようになってから手が加えられたらしい。東西両壁の窓がふさがれ、須弥壇には仏像がない代わり当時としてはまったく目新しい金剛界曼荼羅がかかげてあった。泰範がかつて高雄山寺《たかおさんじ》で見た巨大な曼荼羅の八分の一ぐらいの大きさである。

——いつのまにこれを？

そういう泰範も空海の弟子であった。空海門では智泉の兄弟子に当たる。しかし泰範はまだ曼荼羅の伝授を師から受けていない。もちろん智泉が伝授されたという話も聞いていない。それで不審に思ったのである。だが、近づいてみてその理由がわかった。それは空海の伝える曼荼羅ではなかった。空海の金剛界曼荼羅は九つの世界から成る九会《くえ》の曼荼羅であったが、目の前にあるのは一会だけから成る曼荼羅で、別名金剛界八十一尊《はちじゆういつそん》曼荼羅と呼ばれるものだった。

——すると最澄法師の……

八十一尊曼荼羅は最澄門で用いる曼荼羅と聞いていた。智泉は泰範と同様、空海に就《つ》く前は最澄のもとで修行を積んでいる。この曼荼羅は最澄から与えられたのかもしれない。

——それにしても見事なものだ。

曼荼羅の仕上がりは申し分なかった。高価な顔料を思うままに使い、金箔銀箔の荘厳、極彩色の装飾文様など豪奢な画調に加え、雄渾な筆線による像容がおおらかさと生命感を発散させている。豊かな財力にものをいわせて製作されたものであることは一目でわかった。智泉は描画に長けていると聞いていた。あるいは本人が描いたものかもしれない。

曼荼羅の手前の須弥壇上には五色の糸で結界が張られ、なぜか護摩壇が築いてある。災いを防ぐ、略式の円形息災壇らしい。護摩壇自体はおかしくはなかったが、普通なら曼荼羅を掲げる修法壇とは別に護摩炉を築くのが正当なやり方のはずである。

——はて、わたしの知らない秘伝でも受けたのだろうか？

最澄、空海両師についた泰範には、弟子の力量に応じて教えを開示するやり方は、別に不思議ではない。

すると意外な話が寺僧の口から飛び出した。

「妙な格好の金属《かね》の器があったのも、このあたりじゃった」

といって、行者が坐っていたはずの礼盤《らいばん》付近を指さす。これは泰範にとって初耳だった。

「金属の器ですか。妙な、とはどのような風に?」

「金の器と銀の器が土器《かわらけ》で包まれているような、見たこともない格好をしておったなあ。もっとも外側の土器はばらばらに割れていて形ははっきりせんかったがのう」

これには泰範にも心当たりがなかった。

「それはいまどこに――」

「遺体と一緒に経蔵の方に運んでおる」

そうするうちに、鍵を取りにいった沙彌が戻ってきた。おう、ご苦労じゃった、と寺僧が出迎えようとしたとき、踵が礼盤を蹴って上に乗っていた茵《しとね》がずれた。そのずれた茵の下からはみ出たものがある。寺僧はそのまま気づかずに歩いてゆく。

泰範は何だろうとそれを取り上げた。綺麗な錦の小袋である。それも蜀江錦《しょっこうにしき》だった。この錦は、普通の錦のように緯《ぬきいと》に色糸を用いて自由に文様を織り出すのと違い、経《たていと》の方に色糸を用い緯でこれを浮き沈みさせるという、手間のかかるものだった。袋は縫い閉じてあるが、中に香の包みが入っているのだろう、鬱金《うこん》のような甘い匂いを発散させている。

だが、その匂いを嗅いだ時泰範は、おやっ、と声を出しそうになった。気になることがあって、咄嗟にその香袋を懐にしまった。幸いあたりには誰もいない。

「それではご案内いたします」

沙彌の声に導かれて泰範は本堂を後にした。

経蔵は、本堂から東に向かって少し登った位置にあり、その間は狭い回廊で結ばれていた。二層からなる簡素なつくりの建物である。

扉を開けると、むっとする異香が鼻をつく。智泉の体は横たえられ、顔は白布で覆われていた。理不尽に強奪される命の残り枝に取りすがろうとしたものか、指が蜘蛛の足のように凍りついている。しかし、運命への抵抗めいたものは、それだけだった。

泰範は黙って顔の覆いを取った。生前の凛とした面影がそのままそこに遺されていた。ただ、色白だったはずの肌は一様に暗い沈殿物を含んで、黄泉《よみ》の黒い光を閉じ込めているようにみえた。口の端から血を吐いたらしい痕が一筋、そこだけ逆に白く浮き出て痛々しい。

「なんとはなしに鬼気迫るものを感じるのですが、気のせいでしょうか」

沙彌の声が震えている。確かに静かに見える顔面は、どこかとってつけたような穏やかさといえないこともない。泰範もまた、その平静な表情の奥に、諦観とも嘆嗟ともつかぬせめぎあう感情が隠されているようにも思えた。生きているようにすら見える。触れるとまだ、かすかにぬくもりが感じられた。

——息は絶えても、いまなおぬくもりがあるとは……

体の横に赤子が入れるぐらいの麻袋が置いてあるのがふと目に入った。持ち上げると、結構重い。

——金属《かね》の器というのはこれか。

予想通り、中味は割れた瓦のような破片類と金属器だった。取り出してみると形は少し崩れていたが、筒型の金器と漏斗状の銀器が入っている。

「何に使ったものでしょう、これは」

と沙彌が訊く。泰範にもわからない。金器銀器とも内側は黒ずみ、薬石のようなものが付着している。念のため、金器の底に残っていた白っぽい塊をすこし掻き出して畳紙に包む。

「調べてみよう」

と泰範がいった。

滝蔵寺をあとに、長谷寺に戻る川沿いの途すがら、泰範は、智泉が謀殺されたのではないかという疑いを深めつつあった。智泉の異変を知らせた紙つぶての主がわからないというのも不自然であった。

「隠り口《こもりく》」の名の通り、このあたりは四方八方から山が迫り、西の平地への出口に当たる長谷寺の門前まで泊瀬川が導いてゆく。山々はすでにうっすらと雪化粧を終え、樹々はひっそりと春の夢を見ていた。その合間を縫うように数多くの岩床を下敷きとした早瀬が、大小いくつもの滝落を集めて西南に流れる。何事にも無関心そうなさわやかな瀬音は、このときの泰範には何よりの慰めになった。

鉛のような気分がようやく薄らいでいく。見送ってくれた沙彌に、

「ありがとう。手間をかけましたな」

と礼をいうと、

「は。……いえ」

と沙彌が言葉少なく答えた。

——生真面目なところはあの頃の智泉のようだな。

泰範がそう思ったとき、智泉との初めての出会いの光景がありありと蘇ってきた。それは今から九年ほど前のことである。

1

延暦二十四年（八〇五）、六月。

人々の歩いたあとの土埃《つちぼこり》がふだんよりも高く舞い上がるのは、なにも乾いた空気のせいばかりではなかった。誰の目にもいつになく新京が活気づいているのがわかった。

平安遷都を断行し数々の政治改革をなしとげた桓武天皇が、二十数年にわたる親政の画龍点睛をもくろんで、藤原葛野麻呂《かどのまろ》を大使とする遣唐使船を送りだしたのは二年前のことだ。その一行が、つい先頃無事帰国したのである。滄海《そうかい》の波頭をこえてはるばるもたらされた唐の文物と見聞知識は、朝野に熱っぽい興奮を呼び起こしつつある。この頃の政情は、新京の造営と蝦夷の鎮圧に勢力が削がれ、加えて桓武天皇がかつて政敵として排除した早良《さわら》親王の怨霊に悩まされるなど、不安定なままに推移していた。それを見定めたかのような遣唐使の帰国は、低迷する時局へのまたとないカンフル剤として歓呼の声で迎えられたのである。

新来の文物は、大唐国の歴史からすれば絶頂期を過ぎて衰退の兆しが現れた時代の産物だった。しかし、人々はなお圧倒的な先進性を誇る唐の文化に憧れている。しかも、唐土《もろこし》への往還は何によらず命がけの壮挙であった。英雄の出現と冒険譚を渇望していた市井の人々にとっても、今回の遣唐使がふりまく話題は旱天の慈雨であった。その英雄の一人に最澄がいる。

「最澄法師って知ってるか」

「いや、聞きおぼえはないなあ」

「ほれ、数年前、高雄の山寺で南都のえらいお坊様たちを前にほとけさまの教えを堂々と説いた若い坊様がいたろう」

「あの和気《わけ》様の氏寺でか。うん、そんなのがいたなあ。和気様がだいぶ肩を入れてたそうな。若いのに大したものだと評判になった――」

「それそれ。今度の遣唐使に加わりなすったのじゃが、なんでも唐土の新しいお経を山ほど持ち帰ってきたらしく、おえらい方々の間では以前に倍する評判のようだ」

「ふーん。新しいってどんな」

「わしにもよくわからぬ。しかし、噂では近々また高雄で法会か何かを催すらしい」

「俺にはあまり関係なさそうだな」

「おぬしはそういう風だからいつまでたっても芽が出ないのじゃ」

「そういうもんかなあ」

巷ではそんなやり取りが交わされていた。

のちに神護寺と改名される高雄の山の堂舎は、この頃高雄山寺と呼ばれていた。高雄山寺は、孝謙女帝の時代、道鏡による帝位簒奪の野望を打ち砕こうとして和気清麻呂が建立した神願寺をその前身とする。最澄は入唐前の延暦二十一年（八〇二）、清麻呂の息広世《ひろよ》の求めに応じ、南都七大寺の諸大徳を前にこの寺で法華経を講じたことがあった。当時三十五歳。仏教界の老権威が相手では相当の覚悟が要ったはずである。それを無難にこなした才量には誰もが舌を巻いた。しかしその後、法華経をより深くきわめようと研鑽に努めた結果、日本での限界にぶつかり、中国本土に仏法の奥義を求めることになったのである。

その最澄が帰国後、ところも同じ高雄山寺で、日本にはまだ伝えられていない如来の「法」を伝えるための法会を催す、という噂が流れたのは八月下旬のことであった。

当時、南都元興寺の護命の下にいた泰範は、遣唐使船帰国の報に接するや否や、新京に足を踏み入れてあちこちから新しい文物の見聞を集めていた。そこで聞きつけた最澄の法会の話は泰範の好奇心をいたくくすぐった。泰範は舎人親王の血筋を引く皇族の末裔だが、和気氏とは縁続きでもあったから高雄山寺への出入りはたやすい。早速出かけることにした。

法会が催されたのは九月一日である。燃えるような朱に染まった山の狭間に多数の僧俗がその日集まった。寺の伽藍といってもこの頃の高雄山寺には本堂一宇と二、三の僧坊があるのみで、法会の営まれる本堂には限られた人数しか入れない。そのため、あぶれた人々が小石を投げられた池の波紋のように堂の周りに群がっていた。

この混雑は泰範の予想外である。

——わたしのような物見高いのが、うようよいるわけか。

人混みをかき分け、門衛に素姓を告げると素直に通された。類縁者なので話が早い。

日中にもかかわらず堂内は薄暗かった。長押につるされた真新しい五十あまりの幡の金糸銀糸が、燈明に照りはえて霞のような光の傘を放っている。内陣にはこれまで見たことのない大きな絵像が懸けられ、その前に壇が築かれていた。立ち入りが制限されているとはいえ、堂内も混雑していて、人々の顔はまだ見分けられない。

「おお！　泰範ではないか。やっぱり来たか」

突然のガラガラ声に驚いて振り向くと、なじみのある髭面のシルエットが浮かんだ。

「嘉操《かそう》さんじゃないですか。よく入堂できましたね」

「なに、簡単なものさ。おぬしの知友だとまずいって、和気広世に訊いてみればわかると怒鳴ったら、入れてくれたよ」

「相変わらず乱暴だなあ」

嘉操は、泰範からすると護命門の法兄で、一年の半分以上を名も知れぬ山林で過ごすという荒行の坊主であった。師の護命にも山林修行者的側面があったが、嘉操の場合はより極端で、骨格からしてもほとんど野生の獣を人間になおしたような風貌である。大きな獅子鼻にくぼんだ眼窩、高く突きでた頬骨に分厚い唇。ただでさえ常人離れしている上に髭は伸ばし放題であったから、見知らぬ人は恐れをなして近づかない。それにしても、この山中の野人が平安の都大路を跋扈してきた有様を想像すると、泰範は笑いをこらえることができなかった。

「なにか妙か？」

「いや、別に」

法会が始まったのは、勅使小野岑守《おののみねもり》一行の到着を告げる声が堂内に響いたのちのことである。それはこれまでに見たことのない異様なものだった。

列席を求められた南都諸大寺の高僧八人が所定の位置に着座すると、とたんに意味不明の呪言めいたものが伴僧《ばんそう》の口より吐き出され始めた。ほどなく堂内を覆う香煙を縫って主宰者が現れた。頬から二重顎にかけての肉付きがよく、足の方から立ち登る精気が溜められたような肩の張りだ。下半身は奇妙に細く締まり、まるで天に向かって引きしぼられた矢を思わせた。

——これが最澄法師か。気迫はたいしたものだ。

法会にかける意気込みと緊張からか、持ち前の上品そうな顔立ちは険しさの仮面の下に埋もれている。やがて伴僧の唱和の声が止むと、一方の絵像の前にしつらえた壇に坐し、木片を焼き始めた。護摩木である。同時に武器を思わせる複雑な形の法具類を手で捌き、絵像を見上げては呪文めいた陀羅尼を唱える所作を繰り返していた。火炎の中に照らし出された絵像は密教の主尊、大日如来である。見慣れぬ動作と壇上の火炎に人々の視線が集中している。

火炎がおさまり、最澄が鈴を一振りすると、再び伴僧が陀羅尼を唱え始めた。よくよく聴いていると、伴僧たちにとっても陀羅尼は覚えたてのせいか、互いの文句を気遣いながら声を出すものが多い。だがその中にあって、ひときわ自信を持って唱える澄んだ声がある。泰範の位置からはわずかに横顔が見える程度であったが、声の主は目鼻だちの整った若い僧だった。

泰範は低い声で嘉操に尋ねた。

「あの僧は誰でしょうか」

「どの僧じゃな」

「ほら、伴僧の中のよく声の通る――」

「ふむ、どこの馬の骨ともわからんな」

「あの顔立ちは上臈《じょうろう》出のものですよ」

「なるほど、そうかもしれん。じゃがそれがどうかしたかの」

「いや、ただ目立つものですから」

といううち、最澄は座を立ってもう一方の大きな絵像に向き合っていた。ゆうに百を超す多数の仏尊から成るその仏画は、当時まったく他に例のないものだった。大悲胎蔵生曼荼羅《だいひたいぞうしょうまんだら》である。

燈明が新たに加えられ、煌々と照らし出された絵像を前に所作を終えたのち、控えにいる南都の高僧を一人ずつ最澄が導く。見ると高僧たちは、その場で黒頭巾の目隠しをかぶらされ、手に花をもたされる。そしてその花を絵像に向かって投げつける。曼荼羅中の仏尊と縁を結ぶ投華《とうげ》の儀式だ。花の当たった仏が、その人の守護仏となる。伴僧たちはこの間ずっと陀羅尼を唱え続けていた。

それが済むと、最澄は水瓶をとりあげ、高僧らの頭頂に少しずつ清浄な香水を掛け始めた。

「なんのつもりであろうかの」

「噂にきく灌頂《かんじょう》でしょう。密教の入門の儀式に要るとかいう――」

灌頂とは元来インドで帝王の即位式の時に行われた儀式である。インドで成立した密教もまたこれを法の継承の正統性を示す儀式としてとりいれていた。

灌頂を受ける高僧の中には、袈裟を着たままこうべが濡れることにとまどうものもいた。が、ここは主宰者の意向に従わねばならない。すでに五人の灌頂を了え、水瓶の香水は六人目のこうべにかかろうとしていた。

堂の入口付近が騒がしくなったのはその時である。人垣が左右に揺れ動いたかと思うと参集者がざわつき始め、叫び声が飛び交った。

「この法会、待った！」

「狼藉者を取り押さえろ！」

「そっちだ、逃がすな」

突如人垣が割れて一人の僧侶が躍り出る。

「外道《げどう》！　帝《みかど》の歓心を買いおって」

と主宰者に向かって鋭い罵声を浴びせつつ、手にしていた竹杖を振りあげ、内陣に踏み込もうとした。その鼻先に、スス一っと一つの人影が流れて行く手を阻んだ。一瞬闖入者が棒立ちとなったその時をはずさず、衛兵が追いつき足払いをくらわせた。もんどりうって倒れたところを皆に取り押さえられ、あっけなく騒動は片づいた。

闖入者は、最澄に反発する僧輩の一人らしい。突然の騒ぎに堂内はまだ興奮さめやらなかったが、泰範は捨身の覚悟で狼藉を阻止した人物を目で追っていた。それは先ほどからひときわ朗々と陀羅尼を唱えていた伴僧だった。その顔がまともにこちらを向く位置にきた時、泰範は思わず、

「ほう」

と声を挙げた。白皙の美僧だったのである。

これが、泰範が智泉を知った最初の出会いであった。泰範二十八歳、智泉十七歳のことである。

2

その五年後、大同五年（八一〇）二月の同じ高雄山。

泰範が智泉に尋ねた。

「昨晩はよくお休みになれましたか」

「は、おかげさまで」

「啓蟄《けいちつ》とはいっても、高雄の朝晩は冷え込みますからな」

「あ、いえ。お山に較べれば楽なものです」

「ところで大阿闍梨《だいあじゃり》からは色よい返事が得られましたか。昨晩かなり遅くまでお話のご様子でしたが」

「はい！　経典を再度借覧したいという、わたしの師の願いをご快諾され、重ねて密教作法の手ほどきを少しばかり阿闍梨から直々に指南していただきました。めったなことでは門外に作法を伝えないと聞いておりましたので、いささか興奮しています」

「それは智泉殿にその素質ありと見込まれた故のことでしょう。理由なくして作法は指南されませんから」

「……」

「しかしあれからもう五年たちましたなあ。場所もこの高雄山寺でした」

「あの法会に泰範様が列席されていて、しかも伴僧の一人に過ぎなかったこのわたくしめをよく憶えておいででしたね。叡山にこられてからも、しきりにその話になりましたね」

「あのときの捨身の働きは目に焼き付いています。あれがなければ最澄法師の身にも禍が及んだかもしれません。まこと、よい覚悟でした」

「自分でもよくわからないうちに体が動いてしまっただけです。以前も申し上げたように、覚悟がどうのといった事柄では決してありません」

高雄山寺で最澄が灌頂会を執り行って以来、五年の歳月が過ぎている。その法会は、わが国で最初の本格的な密教儀礼として画期的なものであった。密教というと何事も空海が始めであるかのように思われるが、ある程度整った密教儀礼を行ったことでは空海よりも最澄の方が先だったのである。しかし初めてだけにいろいろと未整備な点も多かった。それは薄々最澄も気づいていたことである。が、はっきりそうと思い知らされたのは、最澄と同じ時期に遣唐使に加わっていた空海が一年後に帰国し、長安青竜寺の恵果《けいか》阿闍梨から伝授されたおびただしい密教経典の目録を宮中に提出した時だった。無名の留学生《るがくしよう》にすぎない空海がもたらした正統的密教に較べれば、自分の接した密教は地方の傍流に過ぎないことを最澄は即座に理解し、愕然としたのである。

しかし最澄は、その欠点を糊塗《こと》しようとはしなかった。さいわい小野岑守《おののみねもり》を通じて空海の方から接触してきたのを潮に、逆に教えを請うことにしたのである。すでに内供奉《ないぐぶ》まで勤めた最澄にしてあっぱれな態度というべきであろう。叡山に戻った最澄は、弟子を空海のもとに派遣して密教経典の借用と研究を始めていた。

この間、二十数年にわたって親政を布き、律令体制をなんとか立て直そうと苦闘し続けた桓武天皇がついに七十歳で崩御し、平城天皇が即位した。平城朝廷は内政、外伐に功績のあった前代以来のすぐれた人材を擁し、順調なスタートを切った。しかし翌大同二年（八〇七）、異母弟の伊予親王が謀反の容疑を受け、母子ともに毒を呷って自害する事件が起き、人々に衝撃を与えた。この疑獄事件を通じて、平城天皇の太子時代以来の情婦と噂されていた尚侍《ないしのかみ》藤原薬子《ふじわらのくすこ》と仲成《なかなり》兄妹が、天皇に接近し結び付きを深める。暗雲がたちこめた矢先の大同四年、平城天皇が病を発し、なかなか快復の兆しを見せなかった。伊予親王の怨霊のしわざと思い込んで悩み続けた天皇は、ついに周囲の制止を振り切って皇太子賀美能《かみの》親王に譲位してしまった。在位四年目にしての天皇の交代に人心は揺れ動いたが、ともかくこうして嵯峨天皇が誕生した。しかし、薬子がもたらした暗雲は晴れないままだったのである。

あわただしい世の動きにあおられるように、泰範もいったん元興寺の護命門を離れ、最澄門に掛錫《かしやく》した。最澄法師がとなえる新しい如来の「法」とやらに強く惹かれるものがあったためである。不思議な法会の仕方も泰範の好奇心をいたく刺激した。しかし、ゆえあってその後は高雄山寺の空海のところに身を寄せている。すでにいる兄弟子たちは師の空海のことを、遍照阿闍梨あるいは大阿闍梨などと呼んでいる。密教の師である「阿闍梨」は、このとき空海あるのみだった。

最澄門の智泉が、師命により空海を訪れるのは二度目であったが、その世話を旧交のある泰範がみることとなったのである。

「最澄法師は弟子たちに山籠りを課していましたが、比叡ともなれば冬は雪深い。修行はなまなかなことではなかったですね。二年ほどの籠山で音をあげた私がとやかくいう資格などないですが」

この頃最澄が定めた籠山の年限を守りきれずに山を降りる弟子が出ている、という噂がひろがり始めていた。泰範の場合も結果としてそうなったが、密教をもっとよく知るためには最澄よりも空海に師事するに越したことはない、と見極めたせいだった。

「もっともわたしと違い、智泉殿の熱心さは師に優るとも劣らぬものとお見受けしますが」

「いいえ、とんでもない！　師にはなにか体の内から衝き上げてくる力のようなものがありまして、ついてゆくのは容易なことではありません」

とはげしくかぶりをふった。

「修行はしかし懸命になればできることですが、……いつまでもお山にいられるかどうか……」

最後の方は聞き取れなかったが、そのとき智泉の目に暗い蔭がさしたのを泰範は見逃さなかった。

だがすぐに蔭は消えた。

「や、長居をしてしまいました。これからお山へ戻ります」

といって立ち上がった。

泰範は山門まで見送りそこで別れた。

僧房に戻ると空海が来ていた。

「最澄法師の使いの僧は帰ったかな」

と空海が泰範に訊く。

「はい。ただいま叡山へ発ったところです。最澄門にはまだまだ逸材がおりますようで」

泰範がそう答えると、感慨を込めてぽつりといった。

「ふむ。あれは儂の甥だ。よう励んでおる。大安寺の勤操《ごんぞう》律師がいっていたとおりだな」

泰範は初耳だったので驚いた。比叡山にいた時にはそうした出自の話などはお互いにしたことがなかった。

「そうでありましたか。道理で筋の通った人となりに合点がゆきます」

大安寺は智泉が得度したときの本寺である。そのときの智泉の師は勤操であるが、空海もまたかつて勤操に学んだことがあった。智泉が出家することになった折、大安寺への入寺を陰ながら促したのは空海だった。それも勤操によせる信頼があついせいであった。空海は甥の智泉のことを気にかけ、きごころの知れた旧師にときどき様子を聞いていたようである。

「将来が楽しみですね」

「それはそうなのじゃが……」

それっきり黙したまま大股で本堂に引き上げていった。泰範からみれば空海はたった五歳年長であるだけだが、いまだにどうにもとらえどころがなかった。


その頃、清滝川沿いに嵯峨野へ向かっていた智泉は、途中、従僕をともなった高貴な女人の一行に出会った。輿を二基、道の端に置いて足休めをしている。寺へ参詣にでもゆくのだろうか。殊勝なことだ、とたいして気にも止めず智泉は帰りを急いだ。

一行の女主人は志賀姫《しがひめ》といった。奇《く》しくも泰範の異母兄が和気氏の女との間にもうけた一人娘である。泰範は、異母兄と同じく天武天皇の皇子舎人親王の血を引いていたが、曾祖父の代から臣下筋となっていた。志賀姫は今年で十五になるが、和気氏から出た母は七年前に病没していた。父はものごころつく前にすでに鬼籍に入っている。その母の命日が近いので、氏寺である高雄山寺に法要を頼みにゆくところだった。

——おや、あのおかたは……

輿から降りていた付き人の女が智泉に気づいて、傍らにいた家人に訊いた。

「あのお坊様は最澄様のご門におられる方ではなかったか」

「は、そのようにお見受けいたします。たしか智泉とかいう名とうけたまわっておりました」

付き人は槙《まき》といい、志賀姫の幼少の頃から長年身の回りの世話をしてきた乳母《めのと》だった。その槙が五年前、和気氏との縁から都の館で最澄一門と対面する機会があり、美僧の智泉を憶えていたのである。

智泉がそばを過ぎて遠ざかる頃、急に女主人のいる輿から快活な声が飛び出した。

「あのお方は志賀のみ仏に似ておりますね」

「え？」

ほどなく槙は合点がいった。志賀姫には母から譲り受けた念持仏がある。檀木を刻んだ十一面観音の小像で、檀像特有の細緻な彫法が見事なものである。母亡き後は、その形見として体から離したことがない。その像の端整な顔立ちは、確かに智泉に似てなくもない。

「お母様の法要をあの方にお願いできたらいいですね」

「そうですねえ。でも……見ず知らずのおひとにお願いするわけには参りませんものねえ」

と志賀姫の突飛な思い付きにたじろぎながら槙は答えた。

3

半年あまりのちの八月中旬の頃、泰範は南都元興寺に、もとの師僧、護命律師を訪ねていた。空海の書簡を届けに来たものだが、ちょうど嘉操も止宿しており、久々に旧交を温めていた。護命は還暦を過ぎてもなお矍鑠としている。節を曲げることのない気性は、ぴんと跳ね上がった白い眉毛にも表れていた。その頑固さは時としてやっかいなこともあったが、泰範はこの老師が好きだった。

泰範が、最澄門を辞し空海に就きたいと護命に申し出たときも、

——海法師め、もう帰ってきおったか。唐土に渡る前は、この辺をうろうろする乞食坊主であったが、たいそう鼻っぱしらを強くして戻りおったようじゃの。澄法師に就いたかと思えば今度は海法師か。おまえさんも物好きじゃやな。まあよかろうて。せいぜい食い物にされんように気イつけイ。

と毒舌まじりに泰範の志を認めてくれた。話のわかる老僧だと、その時思い直したものだ。

「どうじゃ、海法師のところは」

「は、空気が新鮮でございます」

と、護命の問いに泰範が答えた。

「ここは古い空気で悪かったのう」

「いや、そういうつもりで申したのではありません。新しい経典や文物が満ちていると――」

「澄法師のところとて、おなじことじゃ。まあよい。で、おぬしは密教知りたさに澄法師をたずねたが、こんどは海法師というわけか。たしかにのう、密教となると澄法師ではたよりない。で……」

「は、密教なるもの、予想外に面妖で、要所を飲み込むまでには、かなり手間暇がかかるように見受けられます」

「さもあろう。求聞持法《ぐもんじほう》を体得でもせんことにゃあ、なかなか捗《はか》がゆくまい」

求聞持法とは、虚空蔵求聞持法のことである。虚空蔵菩薩を本尊として百日にわたり百万遍の陀羅尼を唱える修法で、これを終えれば記憶力が飛躍的に増進するといわれる。若き日の空海がとある沙門からこの修法を伝授され、阿波の大滝山や土佐の室戸崎で修行に励んだことは泰範も耳にしていたが、護命もまた青年時代、月の上半分は深山に入り、この虚空蔵法を修していたのである。密教修法のなんたるかを、護命は知っていた。

「あれは儂もやってみたが、あまり効験《くげん》はありませんでした。満願の暁に雲がかげって明星が現れなかったせいでしょうか」

と嘉操がいえば、

「行にも相性があるのじゃろ」

と護命はぞんざいにいい放つ。

「それはそうと、このところ南都のあたりも物騒な雲行きになってきおった」

「先帝ご自身はともかく、そのとりまきの尚侍《ないしのかみ》と右兵衛督《うひょうえのかみ》の思惑がどうもよからぬもののようでござる」

先帝つまり平城上皇は、昨年の大同四年（八〇九）末にあわただしく旧都平城京に転居してきた。これには尚侍藤原薬子と、その兄右兵衛督仲成の入れ知恵があったと噂されている。嵯峨天皇と新政府は上皇に対して大変気を使い、病のため不本意にも退位した上皇の行動を寛大に見守っていたが、いつの間にか上皇周辺にも官人グループが形成され、「二所朝廷《にしょちょうてい》」とささやかれるようにまでなってきている。そうした上皇の意を煽ったのは仲成、薬子兄妹であった。嵯峨新政府もこれを黙殺するわけにはいかなくなり、次第にことを構える覚悟を固めつつある。二つの勢力はいまや一触即発の状態にあった。

「あの尚侍はまえから気に入らぬ女子であったが、ことここに至ってはまったく毒婦というしかない」

「これ嘉操、言葉を慎め。どこに尚侍の耳があるやもしれぬぞ」

「は、申し訳ありません」

「このところ今上帝も病がちでおられると聞き及びます。それが一層先帝の周辺に慢心を抱かせる結果になっているのかもしれません」

「いや泰範よ。尚侍の策謀は今に始まったことではない。今の帝への譲位で無念の涙を呑んだとはいえ、なかなか諦めるような女ではない。以前からの存念を遂げる機会を虎視眈々と狙っておるのじゃ」

「いずれにしても、このままでは収まりそうもない。ひと波乱起きるじゃろう。争いは世の常じゃが、あさましいことじゃ。おぬしらもまきこまれぬように身を慎むがよかろう」

空海への返信を護命から託されて泰範は帰京の途についた。

最澄がのちに護命を始めとする南都の高僧と敵対するのとは対照的に、護命と空海とはこれ以降死ぬまで親交が続く。

4

天皇方と上皇方との間にくすぶり続けていた火種が爆発したのは、その半月後であった。九月六日、平城は突如、上皇の立場において都を旧平城京に遷すべき命令を発したのである。嵯峨天皇にとっては寝耳に水の出来事であった。天皇はいそいで要人を集め善後策を協議した。中には断固拒否すべし、との強い意見も出た。だが、智謀にも長けていた天皇は両面工作をとることにした。表面では遷都の命に応じる構えを見せ、信頼できる人物を造宮使に任じて平城側へ送り込む一方、裏面では上皇方の軍事行動を阻むための方策を練ることにしたのである。彼我の勢力分析と作戦を三日のうちに練り上げ、天皇方は上皇方に反旗を翻すことを最終的に決断した。

九月十日、天皇方は、上皇方封じ込めの作戦を次々に実行していった。まず遷都令による人心の動揺を抑えるという名目で、伊勢、近江、美濃三国の国府とその関を固めさせた。ついでまだ平安京にいる藤原仲成の捕縛を画策した。仲成は、遷都令に対する嵯峨政府の表向きの対応しか見ず、水面下の動きはほとんど察知していなかった。

その日、出廷途上の仲成の前に一人の男が立ちはだかり、ひそひそ声で何事か仲成に告げた。仲成は馬を降りて従僕に、

「しばらくここで待っておれ」

といい残し、男とともに去っていった。

だが、それっきり仲成の姿はいつまでたっても従僕の前には現れなかった。天皇方の謀《はかりごと》である。平城上皇よりの密使を装って仲成をおびき寄せ、そのまま右兵衛府に監禁したのである。

「うぬめ、たばかったな」

罠と知ったとき、仲成は歯がみしてくやしがったが、どうすることもできなかった。

次に嵯峨天皇は詔を発して、薬子の官位を剥奪した。理由は、上皇の志を知らずして権威をほしいままにした罪、とあった。仲成捕縛と薬子の官位剥奪。この二つの行為はもはや上皇方に宣戦布告したと同じようなものである。宮中には直ちに戒厳令がしかれ、平安京は戦闘態勢に入った。

一方、遷都令に従うかに見せかけて、手のひらを返すような一連の処置に、平城京にいる上皇は激怒した。むしろ官位を剥奪された薬子の方が冷静であった。憤慨に体を震わせている上皇に向かって薬子は淡々といった。

「お主上《かみ》、もはや一刻の猶予もなりませぬ。お起ちになるべき時でございます」

上皇方も畿内諸国の兵を動員する急使を各方面に派遣した。が、畿内はすでに天皇方によって抑えられていた。となると、上皇方にとっては、天皇の勢力があまねくは及んでいない畿内以遠の東国か西国に出て、兵を集める手段しかない。手勢の兵力だけでは天皇方に対抗できないからである。

西国は陸路の貫通が難しく、船の便もなかったため、上皇は東国に入ることに決めた。あまりに準備不足なままの進発に、側近たちは上皇に思いとどまるよう強く諫言したが、もはや上皇の容れるところではなかった。

翌十一日の早朝、上皇は薬子とともに手勢を引き連れ、東国を目指して平城京を発った。

しかし、この動きは間者からの密告によって、間髪を入れず天皇方の知るところとなる。天皇は直ちに上皇を美濃道で迎撃するために俊英な兵卒の一隊を送りだした。

右兵衛府に監禁した仲成の処分については、要人の間でも穏健派と強行派の二つに意見が分かれた。穏健派は処罰を事件の鎮静化の後に行うことを主張し、強行派は即座に処罰すべきであると主張した。だがこの件は天皇自ら語った一言で、簡単に決着がついた。

「仲成、誅すべし」

この夜、仲成は射殺された。

一方、東国入りにことの成否がかかっていた上皇は一路伊勢を目指した。しかし用意周到とはお世辞にもいえない慌ただしい出兵であったため、士卒のなかには狼狽するものが続出した。しかも一軍の中に薬子が加わっていたことが士気の昂《たか》まりを一層妨害していた。それはあたかも、半世紀ほど前の唐国で、楊貴妃を伴った玄宗皇帝の潰走軍が、貴妃の処断を皇帝に要求した感情に似ていた。だが、この場合兵卒たちの不満は爆発するまでに至らなかった。上皇軍が大和国越田《こせた》にかかったところで、ついに天皇方の武装軍に出くわしたのである。迂回は不可能で、地勢、兵力ともに勝ち目はなかった。畿内を揺るがせた政変は、わずか数日間で上皇方の完敗に終わった。事件の張本人である薬子は毒杯を仰いで自殺した。上皇は剃髪し出家を余儀なくされた。天皇方の力量を上皇方があまりに低く見積りすぎたための、あっけない幕切れであった。そのすぐ後、弘仁元年と改元される。


十六夜《いざよい》の月が雲間に隠れて、薄闇の帳が降りる頃、とある館の渡り廊下に初老の男が姿を現した。その男に色づいた前栽を縫って一つの人影が近づく。

「長者《おさ》様、ただ今戻りましてございます」

「おう、大儀であった。上々の首尾であったようじゃのう」

「は。仲成をまんまとおびき出すことができました。今頃は、冥府で腸《はらわた》の煮え返る思いをしていることでしょう」

「地獄の釜の中でな。早くからおぬしを仲成のもとに忍び込ませたのが、こう見事に功を奏するとは思わなかったわい。これで種継《たねつぐ》の血筋も途絶えるであろう。われらが怨恨の一端は晴れたというものじゃ」

人影はどうやら仲成捕縛に一役かった者のようである。

その仲成、薬子兄妹の父が藤原種継であった。種継はかつて平安遷都以前の長岡京において、桓武天皇の寵臣として名を馳せていた。ところが二十五年前の延暦四年、天皇が旧平城京に行幸して不在となった折、何者かの放った矢によって絶命した。この暗殺事件の首謀者究明の手はついに早良親王にまで及んだ。親王はしかし、無罪を主張、自ら食を断って憤死した。種継暗殺の真相は謎のままに葬り去られた。

種継は当時、藤原式《しき》家《け》の成長株であった。当然ライバルも多く、藤原一族内部でも競合するケースがざらにあった。暗殺は式家に怨恨を持つ者の犯行という可能性が高かった。それがじつはいま闇の中で話を交わすこの男たち一族の仕業であったらしい。仲成の破滅にもこの一族が荷担したとすれば、種継、仲成二代にわたって式家を叩いたことになる。式家はこれ以降、二度と権力の表舞台には登場しなくなる。

「ところで智泉の様子はどうじゃ」

「は。すこぶるご壮健とお見受けいたします」

「そうか。いまは大安寺を離れて叡山の最澄とかいう法師に就いておるそうじゃのう」

「有望な法師と聞き及びます。若様もそのもとで一心に仏道に励んでおられる模様です」

「修行に精出すのもよいが、使命は忘れておらぬだろうな」

「は、それは……よもやお忘れであるとは思いませんが」

「使命を忘れられては何のために出家させたのかわからなくなる。出家はあくまでも方便じゃ」

「ごもっとも。なれど……」

人影はいいよどんでいる。男は促した。

「何じゃ、申してみよ」

「修行に打ち込む真摯なご様子を端からみておりますと、あるいはこのままの道を歩まれた方が、智泉様には幸せなのかもしれぬなどと——」

「黙れ！　うつけ者めが。智泉には我ら一族の死活がかかっておるのじゃぞ。使命は使命じゃ。それを忘れるようではやむを得ぬ処置を取らねばならなくなるやもしれぬ。今度智泉に逢うたらしかと伝えておけい。牛黒《うしぐろ》、おぬしもいまいったようなことを二度と儂の前で口にするでない！」

「は」

牛黒と呼ばれた人影は全身を硬直させていた。

「行け！」

人影は弾かれたように体を返して闇に消えた。

5

一年後の弘仁二年（八一一）、晩秋のこと。

背後の賊は執拗に追跡の手を緩めようとはしない。何度も振り切ったと思いきや、いつのまにか賊たちの呼びかう声が姫たちの背後に迫っているということの繰り返しである。

この日志賀姫の一行は、やや時節遅れの紅葉狩りに洛北まで足を伸ばした。その帰り道、野分けのように一行の前に盗賊が出現したのである。

去年起きた薬子の変以来、上皇方の残党が賊と化して都の周辺に出没しているという噂はあった。だが、まさか自分たちの目前に噂の正体が現れようとは、一行の誰一人として予想しなかったのである。

「賊だ！」

と叫ぶ従者の声。剣戟のぶつかり合う音と同時に志賀姫の輿が大きく揺れた。

「姫、外へ！」

槙のかけ声に従って、姫はすばやく輿を降りた。賊は数人。顔面を覆う蓬髪の奥に赤く燃える二つの光をまともに見た途端、志賀姫は体が萎えて動けなくなった。

「危ない！」

姫の腰を突き飛ばして、振り降ろされた賊の剣を従者が受けた。

「早く、こちらへ！」

ひっさらうような槙の手に引きずられて姫は我に返り、必死で逃げ始めた。家人と賊との激しい怒号が背筋を押した。

無我夢中で近くの灌木のなかに逃れてから一刻ばかりにもなる。初めの頃聞こえていた争いの音もいつか間遠くなり、やがてまったく聞こえなくなった。かわりに不気味な追跡の気配が汗に濡れた衣のようにまとわりついて離れなかった。家人たちの生死も定かでない。気丈な性格《たち》とはいえ、女の足で一刻も林の中をさまようのはつらいことだった。それに、いつの間にか山がちな場所に追い込まれている。逃避行は限界に近づいていた。

「姫、もうしばらくの辛抱です」

喘ぎながら、押し殺したような声で槙がいった。

「わたしは大丈夫。それよりもそなたの体の方が心配です。少し休みましょう」

「思わぬ災難でございました。わたしどもがもう少し用心していれば、このような目に遭わずにすみましたものを」

「不運と諦めましょう」

木の間を縫う陽差しは次第に茜色を帯びてきた。しびれの来そうな膝頭をもみほぐしている間も、志賀姫たちは追手の気配に耳をそばだてていた。志賀姫の方は、休んでいる間も、袿《うちぎ》の汚れをていねいに落としていたが、槙の方は疲労のせいか、そうしたそぶりも見せない。

林の中はしんと静まり返っている。

「追手はどうしたのでしょう。物音がしませんね」

と槙がささやいた。

「……」

「あきらめたのでしょうか。ずいぶん駆けずり回りましたから」

「もう少し様子を見てみましょう」

しばらくの間、二人は無言で過ごした。しかし、依然としてもののうごめく気配は感じられない。

志賀姫の方が沈黙を破った。

「いずれにしても陽が落ちる前に人里に出なければいけません。つらいですがあまり猶予はなりません。参りましょう」

二人が腰をあげかけた時であった。傍らのしげみが一瞬小山のように肥大した。小山は赤銅色に錆ついた影となり、うなり声を発して二人に襲いかかった。振り切ったはずの追手の奇襲である。

「姫！」

防御のすべもなく、槙は体で包むように志賀姫をかばう。賊の凶剣は、その槙の背に向かって振り降ろされる。が、その時、姫の手から投げられた小厨子が賊の顔面を打った。その衝撃で手元が狂ったため、凶剣は槙の足のあたりをかすめるに留まった。

「うっ！」

低い悲鳴とともに、槙の衣に血がにじんで広がってゆく。それでも槙は、姫をかばって地面に二人ながら転がった。

出鼻をくじかれた賊は、

「うおー」

と、怒号もろとも容赦なく次の攻撃に移った。

――もはやこれまで
と覚悟を決めた瞬間、ギイーンという耳鳴りが、志賀の体をしびれさせた。

黒い疾風が目の前を走り過ぎた。その疾風の先に、どこからともなく現れた黒衣の僧侶がいた。耳鳴りは振り降ろされた剣を鋭くはね除けた錫杖の音であった。

「おのれ、なにやつ！」

初めて賊が言葉を発した。

「邪魔するやつは、たたっ斬るぞ！」

しわがれ声の恫喝にも僧は動じる様子がない。さらさらと音をたてて錫杖の頭を返すと、杵を肩に担ぐような奇妙な構えに移った。

「狼藉は見過ごすわけにはいかん。これ以上暴れるなら痛い目にあわす」

耳鳴りから回復した姫は、その僧の声に驚いてじっと顔を見つめた。身のこなしの早さと、賊の剣を払うほどの膂力に、壮年の僧侶を予想したのである。が、意外にも老僧であった。

僧の挑発に賊は顔を真っ赤に怒張させている。

「ほざくな！」

といいざま、力まかせに剣を横に払ってきた。

その鋭い切っ先を、僧はわずかに体を引いてかわしたかと思うと、シュワンという音を発して目にも止まらぬ早さで錫杖を一旋させた。その時すでに賊の手からは剣が消えていた。間髪を入れず、僧は左足で立ちながら舞うように錫杖を旋回させ、賊の体に何ヶ所か突きを入れた。僧の流れるような動きが止まったとき、賊の体は前かがみになったまま凍りついたようになっていたが、やがて、ウームとうなりながらその場に崩折れた。

「危ういところを助けていただき、お礼の申しようもございません。あの時、御坊が間に入らなかったら、姫は……。そのことを思うと今も体の震えが止まりません」

と槙がいう。

「拙僧がたまたま通りかかって運が良かった。それにしても女の足で、よくこのあたりまでこられたもの。どういうわけで不幸に見舞われたかは存ぜぬが、賊の噂が絶えぬこの頃、くれぐれも用心なさることじゃ」

気絶した賊からは僧が武器をすべて奪って近くの谷川に放り捨てた。その後、谷間《たにあい》の僧の草堂に志賀と槙は身を寄せている。

「もうまもなく日も暮れる。その足の傷では、とても歩くことは叶うまい。しばらくここで養生なされるがよかろう」

僧に肩を借りながらも無理して坂道を降ったせいで、槙の足の傷口は広がっている。僧は慣れた手つきで応急の処置を施したが、白布には鮮血がにじみでていた。

「しかし、それでは御坊にご迷惑が――」

「なに。迷惑などかまわぬこと。仏門に人助けは付きものじゃ」

「でも、都の家中も案じていることですし、それに姫が――」

「槙。わたしのことは心配に及びませぬ。それより御坊のおっしゃるように傷の養生が第一です。ここは御坊のお言葉に甘えさせていただくことにいたしましょう」

「さよう、よけいな気遣いは無用じゃ。むさ苦しいところじゃがゆるりと休まれるがよい」

槙は困ったような顔つきをして志賀姫の方を見たが、姫が黙ってうなずくと、ほっとした表情でうなずき返した。しかし、傷口がいたむのか、ときどき眉根に皺を寄せている。

「それにしても、先ほどの見事なお手並、とても仏道のご修行からは得られないものとお見受けいたしましたが」

「いや、大した腕ではござらぬが、昔取った杵柄といえばそういえなくもない」

僧は暁明《ぎょうみょう》と名乗った。すでに五十の坂は越えていそうであったが、賊と格闘したとき目の当たりにした足腰の確かさは、長年培った相当な鍛錬の賜としか思えない。

「昔はもう少し身軽じゃったがこの頃はとんと体がいうことをきかんようになってきよった。寄る年波には勝てぬわい。ははは……」

と腰のあたりをさすっている。笑うと生来の人なつっこさが、いっぺんに出る。少しばかり残っていた槙の警戒心も次第に解きほぐれていった。

寝入ってから槙に熱が出た。

苦しそうなうなり声で志賀姫が目を覚ましたとき、暁明は蝋燭の下で薬草を煎じていた。姫が心配して見守る中、暁明は槙の口に少しずつ薬を注ぎ込んだ。槙の唇はからからに乾いている。

「命に別条はない。これで落ち着くじゃろう」

といいつつ、暁明は再び寝に入った。姫は明け方近くまで眠れなかった。

6

翌朝、志賀姫は若い男の声で目が覚めた。

「暁明はおるか。もうし……」

夜明けの冷え込みとともに、姫も寝入ってしまったようである。すでに起きていた暁明は、ついと戸口に立って、戸越しに外の気配を窺うような仕草をし、ぼそぼそと訪問者と話をかわした。姫は昨日の事件を思いだして一瞬緊張したが、入ってきた若い僧の姿を見て安心した。

訪問僧は、小さな堂内を一瞥し姫たちを認めて驚いた様子を見せたが、そのまま上がり込んだ。起き際の姿を見られる恥ずかしさに、姫は顔を伏せて隅の方に身を引いた。そこではまだ槙が、息苦しそうな寝息を立てている。

「しばらくでござった。お変わりはございますまいか」

暁明がいうと、訪問僧は被り物を取って「はい」と答えた。

若い僧のもの問いたげな表情を察して、草堂に女人がいるわけを暁明はかいつまんで説明した。若い僧は、話が終わると、

「それは大変な不幸に見舞われたものです。物騒な輩が徘徊しているという噂は聞いていましたが……。さぞ心細い懐いをされたことでしょう」

と同情するように二人の方を見遣った。

志賀姫はゆっくりうなずいた。が、挙げた顔をそのまま宙に止めて目を見張った。

「あ、あなたは……智泉様ではございませんか！」

朝霧を吹き払う透き通った声に今度は若い僧の方が驚く番であった。

「どうしてわたしの名を……」

「……」

「前にお逢いしたことでもありましたでしょうか。それなら失念したわたしの方がうかつでしたが……」

「あ、いえ……あの……」

姫はそのまま黙り込んで居心地悪そうにしている。

「これはこれは。若……いや智泉殿とはお知合いでござったか。奇遇ですなあ」

なにか早合点した暁明がそういうと、姫は、

「いえ、そうではございません。わたくしどもの方が、お顔を存じ上げているだけでございます」

といった。

去年の春先、愛宕山の雪がまだ溶けやらない頃、志賀姫たちは法事の依頼を兼ねて高雄山に詣でた。その途中の参道ですれ違った白皙の青年僧の名を、姫はしっかり心にとどめていたのである。

なおも怪訝そうな顔つきの二人の僧に対し、姫はその時の出会いの模様と、槙が智泉のことを見知っていた経緯を簡単に話した。

「さようでござったか。智泉殿もかような上臈《じょうろう》がたに知られているとは、顔が広うなったものですな」

晩明は愉快そうに笑ったが、智泉はまごついた。最澄支配下の比叡山は女人の立ち入りがきびしく禁じられ、異性の知り合いがあろうはずもない。もちろん暁明のざれごとに決まっているが、女人の話題と自分との距離のはかりぐあいがうまくゆかず、即座に受け流すのに困って赤面したのである。

「なにせ坊主にしておくにはもったいない程の器量よしじゃからの、さもあろう。しかしそのお歳で有名になるのも考えものですぞ。女人に慕われては修行も捗がいくまいて。はっはっは」

何がそんなにおかしいのか暁明はひたすら笑っている。

「暁明、そのあたりで勘弁してくれ。こなたも居づらそうにしておられる」

「そうじゃそうじゃ。いや、これは失礼いたした。年寄りの戯言《ざれごと》でござる。お忘れくだされ」

智泉は改めて志賀姫に名を名乗った。暁明とは旧知の間柄で、暁明の居所となっているこの草堂にはしばしば立ち寄っているとのことであった。

「それはそうと、ここに来る途中でこのようなみ仏《ほとけ》のお像を拾いました。熊笹が踏みしだかれたような場所に落ちていたものです。捨て置く訳にもいかず、こちらの堂にでもお納めしようかとお持ちした次第です」

といいながら、智泉は懐より布に包んだ小さな厨子を取り出した。漆塗の小ぎれいなものであるが、扉の一部が欠けていた。それを見せた途端、姫がせき込むようにいった。

「あっ、それはわたしのものでございます。もう手元には戻らぬものと、すっかり諦めておりましたものを――」

小厨子の中には観音像が納められていた。それは普段、姫が肌身離さず身につけている念持仏であった。扉の一部が欠けているのは、昨日賊に投げつけたときの衝撃によるものだろう。だが、不思議なことに観音像の本体に損傷はなかった。

不思議といえば、志賀姫が初めて智泉を見たときに抱いた最初の印象は、念持仏の観音像によく似ている、というものであった。それは志賀の記憶から智泉が消え去らない理由のひとつでもあった。あらためて対面すると、鼻筋の通った端正な顔立ちと締まった頤の輪郭、伏し目がちのすずしい切れ長な目元、秀でた眉、すこし鎬立ってみえるかのような小さめの唇、やわらかな頬の張りなど、ほんとうにそっくりだった。その智泉によって念持仏が拾われたことに、志賀は因縁めいたものを感じていた。

「それはよろしゅうございました。これも何かの縁でしょう」

志賀姫が考えていたことを逆に智泉がいった。智泉がその厨子を差し出すと、志賀姫はついと膝を進めて受け取ろうとした。

不意をつかれたというべきであろう、智泉はこれほど間近に妙齢の女人と接したことがなかった。それは朧梅のように芳香《かぐわ》しく、春雪が清流に溶け入るような甘さがあった。わけのわからぬ抗いがたい魅惑に智泉は面食らった。

智泉は、内心の動揺を抑えながら厨子を姫に手渡した。しかし衣の下の体は余韻を残すようにしばらく震えたままだった。

槙の熱は小康を得ていたものの、とても歩けるような状態ではなかった。だが一方、都の姫の館では前日から消息を絶った二人に対し必死の捜索がなされていることも疑いがなく、連絡を絶ったままにしておくわけにもいかなかった。相談の結果、姫だけ一足先に都の館に送り届けることになった。最初、姫は槙の容態が快復するまでここに留まることを主張したが、槙が説得し、ともかく一度は無事な姿を館の者に見せることに同意したのである。

護衛役は、寄り道ついでだからということで、智泉がなった。

「ご予定をお狂わせしては申し訳ありませんから」

と、姫は護衛を辞退してみたものの、一人で都まで辿りつけるはずもなかった。

草堂を出発して間もなく二人は渓流のほとりの路に出た。そこで一羽の翡翠《かわせみ》に出会った。すばやく飛んできたかと思うと、碧瑠璃の翼をはばたかせて宙に止まり、サッと急降下して水中に没した。一瞬後に舞い上がったときには嘴の先に白く光る獲物を捉えていた。目にとまる間もなくそれは飛び去っていった。

「まあ！　きれいな小鳥ですこと」

屈託のない声で姫がいった。

やがて、先ほどの鳥のものかもしれない鳴き声が、錦色の渓谷に響きわたった。

「秋山のした《した》ひが下に鳴く鳥の――」

「――声だに聞かばなにか嘆かむ」

「智泉様もご存じでしたか」

「人麻呂ですね。父がよく詠じていました」

「お父君は何をなさっておいでてでしょう」

「式部省の官人でしたが、もうずいぶん前に亡くなりました」

「……これは要らぬことをお尋ねしました。お許しくださいませ」

「いえ、お気になさいますな。昔のことですから」

——柿本人麻呂の歌をよく詠う宮仕えの家の出とあれば、それ相当の家柄であるに違いない。人に秀でた容貌も高貴な血筋あってのことなのだろう。

ただ、志賀姫の目に映る智泉は、りりしさの裏に一抹のさびしさをも滲ませているように感じられた。肉親を早くに亡くしたせいかもしれない、と自らの境遇に照らして共感を覚えた。しだいに増してゆく親しみの感情は、ときどき胸を衝くほどに昂まり、志賀姫をとまどわせた。

——いけない、わたしとしたことが。仏門のお方に心を寄せるようなことがあってはならないのは、ようくわかっているはず。

女人が仏門の徒にみだりに近づくのは、つとめて避けるべきことがらである。女人には五障ありといい、僧にとっては修行の妨げとされている。これが世の道理である。志賀姫は、自らがそのような妨げとなるなどということは望まないばかりか、考えすらしたことがなかった。しかし今、智泉に気づかわれながら爽やかな野辺を歩み、その凜とした横顔を垣間見《かいまみ》ていると、ふだん心の奥深くにしまわれて馴染みのない、刷毛で撫でられるような優しい感覚が襲ってくるのをどうしようもなかった。

それは、世の道理にさからう向きに志賀姫を誘《いざな》う心の動きであることを自覚するまでにはいたらなかった。

都への道程《みちのり》は、まだ半ばにも達していない。そろそろ中天にかかろうとする高い陽の光を手扇でさえぎりながら、志賀姫はさきの長い道中を楽しみにする自分をもてあましていた。

7

年は明けて弘仁三年（八一二）の春。

泰範は山城の乙訓寺《おとくにでら》にあった。昨年末に師の空海が高雄を離れてこの寺に移ったため、それに従ったのである。

結界を施した護摩堂内には炉が築かれ、護摩木が組んである。炉の前に坐った泰範は目を閉じて雑念を払った。

——オンボクジンバラウム！

点火の真言《しんごん》を唱えると、炉中に火を入れ、サッと扇を開いて風を入れる。火種はゆっくり確実に護摩木を蚕食していった。

——オンアギャナウエイソワカ！

次いで手に印を結び、火天《かてん》を請い招く真言を唱えると同時に、その姿を観想し始めた。それは四本の腕を持つインド古来の火の神、奇怪な老形神である。

初め芥子粒ほどの大きさに思えた心中の火天の姿は次第に大きくなり、泰範自身の体ぐらいになった。等身大の火天の深く垂れ込めた眼光が泰範の瞳を射抜いたとき、両者は一体化していた。

あたりの風景が次第に色を失い、白瑠璃のように透明になるにしたがって心中の火天は拡大し始めた。泰範もまた火天の力に包まれ、増広してゆく。

色もなく果てもない空間に火天の泰範はいる。泰範は日頃自分の生きている世界が、すでに小さくなって自分の中に畳み込まれているのを感じることができた。魂の高揚感は、普段の自分からは想像もつかないほど隔絶したものだった。

と、はるか彼方に赤い点のようなものが見えてきた。意識をそちらに向けるとそれもまた自分と同じ姿の火天であることが居ながらにしてわかる。すると四方八方に火天が現れ出していた。薄暮の中の星のように二体、三体と出現していたものが、二十体、三十体、さらには二百体、三百体と増え続け、宙に停止した雨の雫のように無数の火天が果てしない空間をギッシリと埋めていた。空間はどの方向も真っ赤に染まっている。突然、泰範はそれらの一体一体が自身にほかならないことに気がついた。あらゆる方角に開かれた鏡の像が重々無尽に映るように、泰範の火天は限りない遍在者となった。体と心の強烈な拡張——。泰範の魂は次第に形を失い、より大いなる神秘の中に溶け込もうとしていた。

しかしその時、泰範の魂が震えおののく。それは魂が失われることへの魂の抵抗かもしれなかった。ためらいは一瞬であったにもかかわらず、泰範を支えていた火天の支持力が急激に弱まった。泰範の魂は至高領域から後退し、みるみるうちにその大きさを減じた。

泰範は等身大の泰範に戻る。

——まあ、よかろう。

心の中で大きなため息をついた。

ついで護摩の炎の中に花を投げ入れて、火天に帰ってもらう。

心の深化を目指すこの護摩行を終息させようとしたとき、

「泰範殿はおられるか」

と、堂の外で呼ぶ声がした。

——護摩堂内の行者に対しては声をかけてはならぬと、あれほど阿闍梨が申しておるというのに、いったい規則を無視するのは何者じゃ。

「護摩行中でござる。いましばし待たれよ」

泰範が鼻白んだ思いで声を返すと、

「あいわかった」

と答えがあった。

火の始末をしてから、結界を解いて泰範は堂の扉を開けた。堂内に立ちこめていた護摩の煙が霞のように逃げてゆく。

声をかけたのは勝仁行者《しょうにんぎょうじゃ》であった。叡山の最澄の弟子のひとりで、近頃たびたび最澄の文やら伝言やらを携えて、空海のところに出入りするのを見かける。泰範が最澄門にいた時に会ったおぼえはない。歳の頃は三十前後。切れ長の眼を持つほっそりした容貌には、俗塵をかいくぐってきたような粘りとしたたかさが感じられる。空海の弟子の中には、これに劣らぬ海千山千の人物もいることはいたが、これまで泰範が出会った最澄門下にこうした類の人物はいなかった。人伝てに聞いた話では、さる権門の家にも通じていて資金の調達にかけては抜かりがない、とのことである。新宗興隆をもくろむ最澄にとってはこうした人材も必要なのだろう。

「やあ、ご修行中のところ失礼した。それにしてもご精が出ますなあ」

口数の多い男だ、と思いながら泰範が、

「わたしに何か用ですか」

と訊いた。

「大阿闍梨のことで少し伺いたいことがあります。時間を割いてはもらえまいか」

「わたしでお役に立てるようなことですかな」

「さよう。最澄法師にも師事しておられた貴殿に、是非お願いしたい」

それでは、と護摩堂から僧坊へ移った。

僧坊には人影がなかった。大気の変化に誘われるように散り始めた桜の花びらが、板床に戯れているだけである。

勝仁は、ちらと四方に目を配ってから、声を落として話し始めた。

「ご承知のように、わが師は新宗の設立に当たって、法華と密教とを二つの柱となすことを定めた。ところが密教については、在唐中の研鑽が不十分であったと自省され、空海殿に辞を低くして教えを請うておられる。我が師からみれば空海殿はむしろ後輩。その後輩に求法の一心で弟子の礼をとるというのは、門下のものならずとも心を動かされるものがあろう。愚僧などは、まねをせいといわれてもできぬ。そうではありませんかな」

「いかにも」

最澄の求法に対する熱心さは、泰範がみても疑う余地がなかった。

「空海殿とて器の持ち主。これまで幾度か、わが師の請いに応じて密教の聖教を貸してくだされたことには、師も大層感謝されておられた」

「……」

「しかし、肝心の密教修法の伝授を願い出たところ、空海殿に断わられたそうな。師は痛くご傷心の様子であった。泰範殿はご存じであったかな」

——すると、最澄法師の授法の申し入れを大阿闍梨が却下したという噂は本当だったのだな。

と思い当たる節があったものの、泰範は、

「いや。確とは」

と答えた。

「いつ頃の話ですか」

「昨年の春です。師はその時、密教の主尊大日《だいにち》如来法の伝授を空海殿に願いでられたが、後日を期すべし、との返信を得たのみでありました。……泰範殿はこれをいかがお考えになられるか」

「……」

「弟子の礼をとっているのにも関わらず、他宗の長であるがために、門戸を閉ざし法を伝えるのを拒むとすれば、失礼ながら空海殿の器も底が見えるというものではないか――」

「待ってください。そう結論を急がないでいただきたい」

気色ばむ勝仁の口上に、あわてて泰範は異を唱えた。

「門戸を閉ざすといわれるが、いまもって最澄殿との連絡は断たれてはいません。質疑や経典書写のための借用には、支障がない限り応じておられるものと思っているが……違いますかな」

「それはそうだが……しかし、今回師の依頼で空海殿にそれとなく『金剛頂経《こんごうちょうきょう》』の借覧を伺ったところ、あまり色よい返事ではなさそうだったぞ」

――金剛頂経とな。密教の奥義経典の一つではないか。経文を読んだぐらいではちっとも意味がわからぬものを、借覧だけしてどうしようというのだろう。それぐらい最澄殿はご存じのはず。

泰範は怪訝《けげん》に思って訊《き》いた。

「勝仁殿はその経典の中味をご存じか」

「いや」

「では最澄殿は、金剛頂経の手ほどきを唐の地で受けられたことはおありか」

「貴殿はおからかいか？　かつて澄法師についていていたなら存じておろう。もちろんないのだ。だからそれを所望されていると思うが――」

「いや、確認したまで。悪くとられるな。ご承知のとおり、密教の法の伝授は、師と弟子が面と面を合わせて経典の真意とそれに至る作法を教え学ぶ以外には伝えることができないとされています。それが面授というもの。最澄殿が唐の地でその経典に説かれた作法の手ほどきを受けていて、補助的に借覧を望んでおられるのならばともかく、それがないようでは単なる借覧は無益と思われたのかもしれません」

「ならば、わが師に経典を理解する力はないといわれるか」

「いやいや、そのようなことをいっているのではない。ただ、密教伝授の正しい手順を踏むつもりがおありになれば、問題はなさそうに思えるというだけのことです」

「ふむ」

勝仁はしばらく考え込んでからいった。

「ならば、たとえば面授を受けるとして、『金剛頂経』を修学するのにはどれくらいの日数がかかると思われる」

「さあて……個人差はあると思うが、阿闍梨は確か三年とかいっていたように記憶している」

「なに！　三年もの月日がかかるといわれるか。……わが師にそのような時間はとうてい割けまい」

「……」

「泰範殿はすでに終えられたのか」

「とてものことながら、金剛頂経の伝授が叶うような器は持ち合わせてはいません」

「そうか……しかし、ちとおかしいではないか」

「何が、ですか」

「わが師と空海殿は同じ時期に唐に渡り、わが師は一年後、空海殿は二年後に帰朝されたはず。すると空海殿の修学の期間は正味二年。その間、空海殿は金剛頂経に限らず多数の法門の伝授を受けたと聞いている。なのに今、金剛頂経の伝授だけで三年はかかるといわれた。これは矛盾でなくてなんであろうか」

「それは——おそらくおおかたの見通しを述べられたのでしょう。さきほどもいったように修行者の力量に応じて変わるものです。わたしなどはいくらやってもだめでしょう」

「では、空海殿には二年とかからぬものが、わが師には三年かかるというのはどういう訳か」

「……」

「わが師の力量が空海殿にはるかに劣るなどとは決してないはず。その見解は承伏しがたい」

勝仁の左膝がピクリと動き、頬に朱が広がる。泰範は、勝仁の執拗さに半ば呆れながら、通り一遍の説明では引き下がりそうにないことを察知した。

「ならばいいましょう。わたしの見るところ、それは〈技《わざ》〉の問題です」

「先ほどは力量、今度は技といわれるか。どちらか一つに願いたいものだな」

「いや、そうではない。たとえ力量は同等であっても、〈技〉の有無によって密教の修得の進展に差が出てくるだろう、といいたいのです」

「では、早い話が、わが師には技がないということですな」

「残念ながら」

「ふむ。そこまではっきりいうのなら、その技とやらの中味を聞こうではないか」

「これは飽くまでもわたしの推測なのですが……」

と泰範は次のように語った。

空海が唐土へ渡る以前、紀伊山中や四国の室戸岬など自然の険しい場所を求め荒行に余念がなかった頃、とある沙門に出会ったという。その沙門から空海は虚空蔵求聞持法《こくうぞうぐもんじほう》という修法を授けられた。空海は死にものぐるいでこの修法の体得を目指し、ついに奥義に達した。この修法は成就することが非常に難しいと聞いているが、一旦成就すれば知恵の力が格段に増強するといわれている。空海阿闍梨の話では、その知恵の力とは記憶の〈技〉だというのだ。密教では憶えるべき事柄が膨大で、並の記憶力では消化しきれない。しかし、この求聞持法の〈技〉に依ればそれが可能だという。空海阿闍梨が唐の地で、その師恵果につき短時日のうちに多岐にわたる法門を授受し得たのは、まさしく〈技〉の賜といっていいように思う――

「わたしが最澄殿のもとを辞して阿闍梨の門を叩いたのも、その〈技〉のありようを学びたいと思ったのが理由のひとつです」

「うーむ……」

勝仁は、うなったまま黙り込んでしまった。

やがて不承不承ながら納得したのか、顔を挙げると、「長時間お手間をとらせた」と、そそくさと引き上げていった。現れたときと同様、ぶっきらぼうな退去であった。最澄門では、空海門に走った泰範をはげしく批難する者もいると聞いていたが、勝仁行者はそうではないらしい。やや肩すかしの気分でもあった。

僧坊を出ると、外は花曇りであった。フーッ、と泰範は一息つく。

——あれで本当に納得したものだろうか。

予期せぬ訪問者は大きな疲労を置いていっただけのようである。

夕刻になって、泰範は空海に呼び出された。普段の空海の太い地声は、修法《しゅほう》の後のせいか嗄《しわが》れていた。その声がいう。

「かねてよりの念願であった国家護持のための大修法が、どうやら今年中に実現できそうな様子になってきたぞ。これができれば、わが宗には大いなる基礎固めとなる。万難を排して実現に漕ぎつけたいものだが、宮中の支持は得られそうなものの、南都の意向がどう出るかいま一つ頼りない感がある。そこで泰範に頼みたいことがあるのだが——」

「は。わたしでお役に立つことがあれば何なりと……」

空海が慎重に言葉を選んでいった。

「そこもとの先師、元興寺の護命《ごみょう》殿は南都の諸大徳に信望が厚い。頼みというのは、護命殿に逢って、空海はこれまで通り南都との親交を保ってゆくつもりであり、この大修法が南都に害意を持つものでは決してないことを説明してもらいたいのだ。そして、これを支持するとまではいわなくとも、せめて黙認してもらえるように南都の諸大徳へ働きかけてほしいということを護命殿に依頼してもらいたい。難しい頼みじゃが、引き受けてはくれまいか」

責任の重い使命だったが、泰範の立場としては否も応もない。

「かしこまりました。任に耐えるかどうかわかりませんが、やってみましょう」

「そうか！　……頼んだぞ」

声を出しにくそうに、しかし喜びを隠さずそういうと、空海はいつもの韜晦な表情に戻っていった。

だがその嗄れ声が、重い病の前兆だとはこのとき誰も気がつかなかった。

8

ひと月ほど後のこと。

平安京の四条大路より少し下がった綾小路と高倉の交差する東南隅に、荘重な構えの館がある。志賀姫の居宅である。新京造営が始まってからはや二十年になろうとしているが、この付近はまだ時おり鑿と槌の音が響いていた。その館のうちに智泉の姿が見える。亡き母の追善のため志賀姫が書写させた法華経を供養する導師として招かれたのである。

「あれからもう半年になりますねえ」

あれからというのは、晩秋の紅葉狩に洛北に出かけ賊に襲われたところを、あやうく暁明に助けられ、翌日智泉に都の館まで送り届けられた時のことを指している。はたしてその時、館では賊難の知らせと志賀姫の失踪に大変な取り乱しようであったが、姫の無事な姿に大喜びし、付き添っただけの智泉はまるで命の恩人であるかのような、過分な歓待を受けたのであった。

「そんなになりますか……。槙様はもうご快復なさいましたか」

「はい、おかげさまで。今はこちらにはおりませんが、すっかり元気になりました」

あの時、賊から受けた足の傷のせいで槙は他の病を併発し、自分の里家にしばらく下がっていたのである。

「それにしても、初めの頃、暁明殿を介してお頼みしてもなかなかお寄りくださらぬ時は、随分とお恨み申し上げたものです」

と、志賀姫がいった。

智泉と志賀姫の再会は、これが初めてではない。智泉が姫の館を訪れるのは三度目になる。しかし始めは志賀姫やその周囲の者たちがいくら智泉に法要の導師を頼んでも、その任に耐えないとか、宗旨がどうのとかいって、なかなか首を縦に振らなかったのである。ようやく智泉が承諾したのは、業を煮やした志賀姫からの文で、

「衆生がみ仏の縁《えにし》に接するのを助けるのも、修行者の勤めではございませんか」

となじられ、返事に窮したためであった。

智泉は、その成行きがわずらわしくもあり、また内心うれしくもあった。暁明の草堂で出会って以来、志賀姫の鮮烈な印象は拭いがたく心に貼り付いてしまっている。しかし、出家の身とすればそれを素直に認めるわけにはいかない。とまどいながらも、智泉はそれを黙殺しようとした。そのままにさえして置けば、それ以上事態は進展せず自然に消滅するのではないか、と漠然と考えたのである。

だが、その甘い見通しは外側から破られた。

――しかたがあるまい。仏縁といわれれば……。

そう思いながら、それは自分を納得させる理由に過ぎないことが、智泉を苛立たせていた。

「またお越しいただけて、志賀は本当にうれしうございます」

と姫に声をかけられ、智泉は現実に戻された。

母屋に案内されると、法華経とそれを供養するための座が設えてあった。供養の本尊はと見ると、どこかで以前見た憶えがある。

「あれはたしか姫の――」

「はい。わたくしの持仏の観音様でございます。智泉様に見つけていただいたものです」

と笑みをたたえて志賀姫がいった。


供養のあと、館の家人たちの前で智泉は講話を行った。その最中智泉は、家人の中に、鋭い視線を投げかけてくる者があることが気に懸かった。広間の左手の隅にいて、智泉の話に耳を傾けるようにじっと見るかと思うと、ふっと目をそらせてしばらく視線を遊ばせ、また智泉の顔を凝視するといったことの繰り返しをその男はしている。歳の頃は十六、七ぐらいだろう。粗末な身なりではあるが、頭の切れそうな彫りの深い顔立ちをしている。しかし、どこか気まぐれで、ひねたところがある。しかも、その若者が自分から目をそらしている間、ときどき志賀姫の方にも刺すような視線を向けていることに気づいたとき、智泉は不気味な悪寒がした。

供養の法事をすべて終えたのは未刻《ひつじのこく》（午後二時前後）であった。智泉は別棟に案内された。

「さぞやおつかれでございましょう。どうぞここでしばらくお休みください」

と几帳ごしに志賀姫がねぎらいの言葉をかけた。

「ご心配いただくほどのことではありません。これも勤めです。どうもありがとうございました」

「お礼を申し上げるのはこちらの方でございます。おかげでよい供養ができました」

「未熟なわたしごときでお役に立てるとは光栄のいたりです。……では、わたしはこれにて——」

そういって退出しようとする智泉を、あわてて志賀姫が引き留める。

「まあ、いつも智泉様はこうでございます。用事が済めばすぐお帰りになられる。すこしはお話ぐらいなさってくださってもよろしゅうございますものを——」

「……」

「智泉様はちっとも志賀の気持ちをわかってくださらない」

と志賀姫はいったまま、黙ってしまった。

だしぬけの可憐な非難に智泉はとまどうばかりであったが、このまま無言で帰るわけにもいかない。甘美な沈黙が智泉を窒息させようとしたとき、再び志賀姫が口にだしていった。

「それにこのままお帰ししたのでは、わたくし、槇に叱られてしまいます。もうそろそろ槇も戻って参るでしょう。是非お逢いしたいからお引き留め申し上げてくださいと、槇にも頼まれました。いましばし、よろしいではございませんか」

智泉とて別にいそぎの用があるわけでもなかった。

「そうおっしゃられるのなら、お言葉に甘えさせていただき、しばらく腰を休めさせてもらいます」

と、姫の言葉に従った。

「ところで、あの者は何という名でございますか」

几帳を隔てて智泉が訊いた。

「あの者とは……？」

智泉は、講話の時に鋭い視線を向けてきた若者の風体を志賀姫に説明した。

「ああ、鍵丸《かぎまる》のことですか。あれが何か……」

「どういう縁故で姫の家に仕えているのですか」

「あれは槙の遠縁に当たる者で、里は伊勢にあると聞いています。三月前からこの家で働いてもらっておりますが、よく気がつくので重宝がっています」

「……」

「あの者が、何か無礼を働いたのでしょうか」

「いや。ちょっと気になったものですから」

そろそろ夕刻にさしかかろうとしていたが、涼しいどころか湿気を帯びた大気のせいで少し汗ばむぐらいである。梅雨入りが近いのであろう。

小半刻も世間話をしているうち、案の定、雨が降り出した。縁が濡れますので、といって志賀姫は人を呼び、蔀戸《しとみど》を降ろさせたが、端の戸を最後に閉める瞬間、智泉はそのすき間から薄暮に消え去る人影を見たような気がした。

智泉は再び退出を申し出たが、槙が戻るまで是非ともいましばしお待ちくださいませ、と押し止められた。雨中を歩くのは智泉も気乗りがせず、そのまま居坐ってしまった。

「ところで、わたくし以前から智泉様にお尋ねしようと思っていたことがあります」

二人だけになると、志賀姫は口調を改めたようにしていった。

「は、何でしょうか？」

「智泉様は女《ひと》を恋したことがおありですか」

この問いはあまりにもだしぬけだった。

「……いや。ありませんが——」

「何故でございますか」

無謀なことを訊くものだ、と思いながら、智泉は答えた。

「は、仏門の身ですから」

「仏門でなければ恋したかもしれないのですね」

「それは……そうかもしれませんが、仏門では禁じられています」

「女人は悟りの妨げになるから、ということですね」

志賀姫の声はさびしげだった。

「女はやはり救われないのでしょうか」

ポツリとそう呟いた。智泉はあわてていう。

「いや、そのようなことはないと思います。わが最澄法師が宗の根本に挙げた法華経では女人も成仏できると説いていることは、先ほど講話の時に申し上げた通りです」

「ではどうして女人を悟りの妨げというのでしょうか。殿方をお慕い申すのがいけないというのでしょうか」

いいにくそうに智泉が答える。

「未熟者のわたしには、はっきりとはわかりません。男女の道が悟りの障礙になるようなのですが」

「……」

智泉は冷汗をかいていた。不得手な話題であった。志賀姫がしばらく口をつぐんだ時はこの話題から逃れられるものと思って内心胸をなで下ろした。しかしそれは間違いだった。

「わたくし、以前このような話を聞いたことがございます」

そういいながら志賀姫は次のような物語を語った。

——聖武天皇の御世、和泉国槇尾山の山寺に信濃国の僧侶が移り住んだ。ところが、その僧は山寺にあった吉祥天女像に恋してしまい、天女のような女人を我に賜えと祈るまでに変節してしまった。ある夜、その僧は天女と想いを通じ、契る夢を見た。明朝、吉祥天像をよく見ると、前夜僧と契りを交わした痕跡を残していた。吉祥天じきじきの慈悲心に僧は驚いて慚愧の念にかられた。僧はこのことを堅く秘していたが、弟子によって里人に漏らされてしまった。里人はその真偽を確かめに山寺に押しかけたが、果してその証拠を見て吉祥天の感応が事実だったことを知ったという——

語り終えてから志賀姫は、思い詰めたように、恥じらいながらいった。

「その僧侶は吉祥天との契りを通じて、一層仏道に深く入信していったそうにございます。男女の道といえども、神仏の加護の下では尊いものになることを示した話ではないでしょうか」

「……」

「それでも女人は障礙なのでしょうか」

話の成行きはどこかおかしかったが、智泉は志賀姫の多弁さと気概に驚いて、言葉が喉に詰まったまま出てこなかった。

「障礙とあらば、どこが障礙なのか智泉様に教えていただきとうございます」

サラサラ、と衣《きぬ》の音がした。

音は止まずに続いている。

智泉は初め、何のことやらわからなかった。わかったときには、すでに志賀姫は白く透き通るような上半身を几帳ごしに露わにしていた。あまりのことに智泉は呆然としたが、すぐ気を取り直すと焦りながら小さく叫んだ。

「なにをなされます!」

しかし、ついに志賀姫は身を包んでいた最後の衣の一片を振り落とした。そのままついと立ち上がり、几帳をよけて智泉の前にまぶしい裸身を現した。智泉は正視に耐えず、目を閉じたが、つきさすような股間の陰りは瞼の裏から消えなかった。

人を呼ぶわけにはいかなかった。呼んだとしても、智泉が不利な立場に立たされること一目瞭然である。智泉は最後の抵抗を試みた。

「槙殿が来たらどうなされます!」

と声を絞り出すと、わずかにためらった後に志賀姫の答えが返ってきた。

「あれは嘘でございます。槙は今夜、戻りません。お許しくださいまし。智泉様を引き留めるための方便でした」

「なんと！」

智泉の体は金縛りにあったように自由にならなかった。蔀戸からのすきま風だけが硬直した頬をなでている。

震える声で志賀姫がいった。

「志賀はずっと、ずっとお慕い申しておりました。智泉様はわたくしのみ仏に生き写しでございます。み仏が智泉様をお引き合わせくださったとしか思えません」

「……」

「恋は女にとって命でございます。その命を智泉様にお預けしとうございます」

智泉の中でぐずぐずと逃げ回ってきた心がもろくも崩れさった。

甘美な陶酔感に襲われながら、智泉は志賀姫の中に深く沈んでいった。

9

その年の夏から秋にかけて、泰範は南都にしばしば足を向けた。空海の依頼で、年末に予定された大規模な密教法会の挙行に際し、南都諸大寺の暗黙の了解を取り付けるためであった。空海自身による官界への働きかけと並行してそれは進められたが、空海が南都への窓口とした元興寺護命の影響力のおかげで、おおむね良好な反応が返ってきている。

だが、問題は意外にも足元から発生した。肝心の空海自身が病を得てしまったのである。大法会の準備はそれと関わりなく進めていたが、十月に入っても病は好転せず、もはや無視することができない状況になっていた。

その頃、志賀姫と槙を救った暁明の住む洛北の草堂に珍客が訪れていた。あの藤原京家の配下、牛黒である。旧知の間柄らしく二人の話ぶりには忌憚《きたん》がない。

「私度僧《しどそう》のくせしてまだ官につかまらんとは、おぬしも悪運の強い奴じゃ」

と牛黒がいえば、

「なーに、私度僧なんぞそんじょそこらにうようよ居るわ。儂《わし》に限らず今時そう簡単につかまえられるものかね」

私度僧とは、僧となるための公認の手続きを経ないで勝手に出家した者をいう。それらのほとんどは律令国家の公民で、税や課役などの負担を免れようとしてなることが多かった。前代以来、たびたび禁令が出されていたにもかかわらず、私度僧は増える一方だった。暁明もその内のひとりである。

「ところで、若は元気か。おぬしのところへはときどき姿を見せるじゃろうて」

と牛黒が訊くと、

「しらばっくれたことをぬかすわい。智泉殿、いや若が元気なことぐらいそちらでもわかっておろう」

と暁明が受ける。

「まあ、そう角を立てるものでもない。よかろう、今更手の内を隠すつもりもない。……それはともかく、若の師の最澄が最近乙訓寺を訪れたことは聞いているか」

「乙訓寺というと、あの空海とやらが居る寺か」

「そうじゃ。つい先月の末、興福寺の維摩会の帰りに最澄が立ち寄ったらしい」

「ほう。それは初耳じゃ。で――」

と暁明は先を促した。

「空海は重い病に伏せっているそうじゃ」

「なに、病とな。あの銅《あかがね》でもできているようなといわれる坊主がか」

「さよう。そこは空海とて人の子じゃ。しかたあるまいて。ところが妙なことに、病床の空海は最澄に対して、もし万が一のことがあった場合わが宗旨はすべて最澄法師に託したい、と申し出たそうじゃ」

「それは確かに妙じゃ。空海にも優れた弟子はおろうに。なぜまた他宗の長に……」

「人伝てのことじゃによって、どこまで本当かはわからぬ。だがもし本当なら、空海もそこまでの覚悟を強いられるほど病は重いということじゃ」

「だがいずれにせよ、われらにはあまり関わりあるまい」

「まあそういうな。むかしから身も蓋もないことをいう癖はなおらんな」

と牛黒は暁明をいなして言葉を接いだ。

「今の宮中は空海の動きに関心を持っている。帝は空海が献上した『劉希夷集《りゅうきいしゅう》』とかいう詩文集やら唐人の手跡やらを日々ご嘆賞されているというし、つい先頃設置された蔵人所の頭、藤原北家の冬嗣なども ひいき目に見ている。宮中の風向きは我らとしても十分注意を払っておく必要があろう。

なんでも、今年の暮れには空海が高雄で大法会を催すつもりでいるとか。高雄といえば、最澄法師が唐より帰国早々、見慣れぬ修法を披露して世人の耳目を驚かしたところじゃ。同じ場所でやろうとするからには、最澄を凌駕する自信があるのじゃろうが、さあ、そううまくいくかどうか。それにこの時期に大きな病に倒れてはな。空海の命運も、もしかするとこれまでかもしれぬて」

暁明はただ黙って牛黒の長広舌を聞いていた。空海のことといっても、別になんの感慨も湧かない。暁明の知識の中では、空海は智泉が時々最澄法師の使いで訪ねる御坊ぐらいの重みしかもっていなかった。

「おぬし、聴いておるのか」

「ん。あ、まあな」

「おいおい、耄碌するには早すぎるぞ」

「耄碌はしておらぬが、おぬしの顔を見ていると、お互い歳を取ったものじゃと感じ入っておる」

「喰えぬやつじゃのう。空海など関係がないと思っていようが、案外そうでもないぞ」

「それはまた、どのような」

「若の母が佐伯氏の出であったことは知っておろう。なんとどうやら、あの空海の姉に当たるおひとらしい」

「それはまた、奇遇じゃな……ふーむ、ひとのえにしは不可思議なものじゃのう」

といいながら、そのまま二人とも戸外の落葉をぼんやりみている。渓流の音に混じって、遠い雁の声が聞こえた。群れから遅れた迷い鳥らしい。

「しかし、あれから三十年になるのう」

牛黒がポツリという。

「三十年か……歳も取るわけじゃな。あの頃はおぬしも儂もおおいに暴れまくったものじゃ。……じゃが、先長者《さきのおさ》様はさぞかし無念であったろうに」

「そのことよ。冤罪を着せられて太宰府に流されたご心中をお察し申し上げると、いまも腸《はらわた》が煮えくり返る思いじゃ」

三十年前の延暦元年（七八二）は桓武天皇即位の翌年に当たる。この頃藤原氏はその繁栄の礎を固めた不比等以降、子孫が南家、北家、式家、京家の四家に分かれて家門を競っていた。この年早々、その藤原氏を巻き込んで朝廷を脅かす謀反事件が起こった。天武天皇の曾孫、氷上川継《ひかみのかわつぐ》が朝廷を倒す画策を練っていたのである。しかし、先兵として宮中に侵入した者が拘束されて陰謀が暴露したため、ことは未然に防がれた。

川継は捕らえられて伊豆に流されたが、共謀の嫌疑は多くの王臣たちにかけられた。藤原京家の首長藤原浜成《はまなり》や大伴家持、坂上苅田麻呂らにもその累が及び、家持、苅田麻呂らはのちに嫌疑が晴れたものの、浜成はついに罪に堕とされ、太宰員外帥《いんがいのそち》に左遷された。川継の義父であったことが災いしたのである。浜成はそのまま彼の地に没する。

しかし、浜成の嫌疑は、じつは藤原式家の百川《ももかわ》による策略であった。即位まもない桓武天皇の疑り深い性癖につけ込んで、この際藤原氏内のライバルを叩いておこうと目論んだのである。京家は、この浜成左遷を機に中央政界から脱落してしまった。

先長者《さきのおさ》——と牛黒たちが呼ぶのは、この浜成を指している。

「じゃが、仲成を叩いたのは愉快であったのう」

「そうか。やはりあれはおぬしらの画策か」

「画策というほどのことでもない。薬子と仲成の大それたたくらみを挫くのにちょっと手を貸したまでのこと」

藤原式家は百川のあと、種継、仲成と権勢が続いた。しかし、一昨年の薬子の変により仲成は断罪され、式家は政権から大きく後退した。その折、平城上皇からの使者を騙《かた》って仲成を衛府に誘導したのは、牛黒の手の者だったのである。

「しかし、右衛門督《うえもんのかみ》が生きている内は、先長者様も成仏できまい」

「ふむ」

右衛門督とは藤原百川の息、緒嗣《おつぐ》をいう。朝廷における藤原四家の勢力地図は、葛野麻呂や冬嗣を中心とする北家がこの頃大きく成長し始め、政権の基盤を固めつつあった。だが、式家も緒嗣が参議に列しており、まだその命脈は保たれていたのである。

「先長者様以来の悲願を成就するのは、若以外にない。今長者様《いまのおさ》もそう申されておる。儂らもその時が一刻も早く来るのを心待ちにしておる。楽しみじゃのう、石足《いそたり》よ」

「儂はもう石足ではない、暁明じゃ。伴《ともの》石足はすでに死んでおる。間違えるでない」

「お、すまんすまん。つい昔のような気になってな」

京家は浜成没後も式家や北家から常に監視されていた。一度追い落としたライバルが復活することをどこも好まなかったのである。京家の悲願は、もとの権勢を取り戻し、中央政界に復帰することであったが、他家の監視の下ではかなりの困難がつきまとった。そこで京家は、賭を試みることにした。次代の京家をになう人物を、年少の時に出家させ、時期を見計らって還俗させる策をとったのである。こうすると他家の監視と妨害を免れることができた。もちろん還俗後に官職と政権への昇進ルートに乗れるかどうかはわからない。しかし、常にマークされて最初から持駒を潰されるよりは、まだ何らかの可能性がもてると踏んだのである。あるいは僧籍のまま権威ある僧綱《そうごう》となって、皇臣に影響力をもつという手も考えられないわけではない。だがいずれにしろ、リスクを伴う賭であった。京家はそこまで追いつめられていたということでもある。

時の京家の長者《おさ》藤原継彦は、一門の中から才に秀でた者二名を選んで出家させた。雲井丸と崇丸《たかまる》がそれである。出自は藤原氏を控え、配下の姓を借りている。同時に腕の確かな者をそれぞれの後見役につけ、ともに剃髪させた。継彦は、特に遠縁ながら才のある崇丸に大きな期待を寄せ、その後見役に配下の内でもっとも腕のたつ伴石足を任命した。石足は暁明と名を変え、崇丸を補佐するため洛北に潜伏した。崇丸は出自として菅原氏を名乗った。智泉こそは、この崇丸の出家後の姿にほかならない。もう一人の若者が残念ながら性脆弱であったため、いきおい一門の期待は智泉に集まった。

「しかし牛黒よ、儂はこの頃家門の再興を手放しで待ちこがれるような心境からは、すこし遠ざかった気分になってきたぞ」

「なにを申すか！　それはどういう料簡じゃ」

牛黒がいきり立って暁明に詰め寄った。

「いやさ、おぬしだからこそこんなことをいえるのだが、家門同士の政争とは無縁にすくすくと大きうなられた若を見ていると、このままにしてさしあげた方がよいのではないかという気がしてならぬのじゃ。そうは思わぬか、おぬし」

「うっ！」

牛黒は喉に針を呑込んだような顔をした。暁明の気持ちは牛黒もわかることだった。だが、いつぞや長者から激しく叱責されたように、それは思ってはならぬことでもあった。家門の使命は何事にも優先されるべきだったのである。

「ならぬ、ならぬぞそれは！　暁明ともあろう者が惚《ほう》けたか。長者様はきびしいお方じゃ。もし若がもはや使命を果たすに価しないなどと思われたが最後、どのような処断を下されるかわからぬぞ。お家の再興以外に若の幸せはない。つまらぬことを考えるのはよせ。おぬしらしくもない。……それともなにか、おぬしはお家の再興を望まぬというのか」

「そうではない。儂とて先長者様の悲願の成就を待ち望むことに変わりはない。しかしじゃ、出家も長くなると儂のような者でもいっぱしに人の一生とはなんたるものかと考えてしまう。……じゃが、おぬしのいうとおりかもしれん」

というと、暁明は立ち上がって草堂の隅まで歩き、錫杖を手にした。牛黒には背を見せたまま、二三度軽く振って音を確かめている。

「悪いことはいわん。よけいなことは考えぬことじゃ、おぬし自身のためにもな――」

牛黒はそう声をかけたが、暁明からの返答はなかった。


一方、山城の乙訓寺では一人の老人とあわただしく立ち話を交わす泰範の姿があった。

「出雲宿禰《いずものすくね》殿、いかがでござろうか、師の容態は」

「咳嗽《がいそう》じゃのう」

小柄な老人は腰を叩きながらそう答えた。

空海の病は初冬に入っても癒えず、ついに血痰を吐くまでになっていた。高弟たちは様々に処方を試みたが、ほとんど思わしい効果は得られなかった。そこでやむなく泰範が宮中の人脈を使って、当代の名医と聞こえた出雲宿禰広貞《ひろさだ》をひそかに導き出し、乙訓寺の空海の診断を依頼したのであった。

出雲宿禰は内薬司正《ないやくしのかみ》の職にあり、宮中の薬香の管理や調合の総責任者である。四年前の大同三年、平城天皇の命により、諸家に伝来する諸医方を集成した『大同類聚方』百巻は、わが国医道の金字塔と称えられていた。

気むずかしそうなその白髪の名医が、わざわざ乙訓寺まで足を運んだのは、泰範の人脈力のなせるわざか、はたまた病人を見過ごしにはできない性分のなせるわざなのか、はっきりとはわからない。いまその名医が空海の診断を終えて出てきたところであった。

「咳嗽?」

「さよう。肺が寒に感じて起こる咳《せき》じゃが、秋寒にきずつけられた場合は肺咳《はいがい》となり、春にきずつけられれば肝咳、夏に侵されるときは心咳、冬に侵されれば腎咳となる。五臓六腑によってその症状が変わる病じゃ。空海殿はとくに秋寒にきずつけられたものらしく、肺咳とみえる。それも軽度ならざるもので、悪くすると肺萎に至っておるやもしれぬ。いそいで処置せねばなるまいぞ」

「いかがすればよろしうござるか」

「ふむ。紫苑丸《しおんがん》を用いるしかあるまい。紫苑、款冬花《かんどうか》、細辛《さいしん》、甘皮《あまかわ》、干薑《ほしはじかみ》を混ぜたものじゃ。これを一日三回服用してもらう。そのほかに鎮咳薬として杏仁《きょうにん》、麻黄《まおう》、甘草《かんぞう》を蜜で和した丸薬を併用してもらう」

といいながら老人はふと立ちどまった。

「はて、内薬司に紫苑のたくわえはどのくらいあったかな」

考え込むと苦虫をかみつぶしたような皺だらけの顔になる。

「まあよい。儂はこれからすぐ戻って薬を調合せねばならん。できあがったら使いのものに届けさせよう。大事にされよ」

「助かる見込みは……？」

「本人の気力と体力しだいじゃな」

「わざわざお越しいただきかたじけのうござる。薬のこと、くれぐれもお頼み申します」

「委細承知した」

出雲宿禰はすたすたと去っていった。


泰範はしばらく境内を徘徊した。この乙訓寺は長岡京遷都の際に大増築が行われ、九間の大講堂を始め広大な寺域と伽藍を持つに至っている。その大講堂をめぐると、総門ごしに遠く叡山が望めた。

叡山といえば、先頃訪れた最澄法師と空海阿闍梨との会見を、世間はいろいろと取り沙汰しているようであった。今度催される予定の結縁灌頂《けちえんかんじょう》の大法会に最澄法師も加わる許可を与えただけのことが、後事を託すると依頼したかのように誇張されていた。唐より新来の教えをもってきたこの両者の関係を、世の人々は様々に推測したがるものらしい。かまびすしいものだ、と泰範は思った。

ただ肝心の阿闍梨の病状は予断を許さない。快復が危ぶまれれば、大法会どころの話ではなくなる。そうなった先のことはどうなるか誰にもわからなかった。

叡山を眺めて、とりとめもなくそんなことを考えていたら、ふとあの最澄門下の智泉という青年僧のことが想い浮かんだ。

「しばらく顔を見ないな……」

泰範はそうひとりごとをいった。

10

「智泉様は鳥の夢を見たことがおありですか」

側に臥したまま志賀姫が尋ねた。

「鳥の夢？　さあ、あるかもしれないが、わたしには想い出せない……」

「そうですか。志賀は、小さい頃にみた鳥の夢をとてもよく憶えています。雪のような白い体に、艶のある黒紫の翼をもっていました。あれはまちがいなく鵲《かささぎ》でした。だって、どうしたものか、夢の中でその鳥が鵲だとはっきりわかったのですもの」

「……」

「それはどこかとても大きな御殿の中でした。お仏殿のようでしたが、でも祀られているご本尊はみたこともないようなお姿なのです。み仏のお像と違い、唐国《からくに》の装束と冠をつけておいでになり、りっぱな髭をたくわえたご老人のお姿でした。いかめしくもあり、また親しみ深げでもありましたが、そのときわたくしの目をじかにお見つめになったように思われたのです。その瞳はなぜかとても悲しげでした。どうしてかしらと、いぶかしんでいると、その御殿の壁という壁がすこしずつ崩れ落ち始めていたのです。始めは、ほんのひとかけらの漆喰が落ちているだけでした。でもだんだん、あちらこちらの壁が崩れ始め、それが速まってまいります。わるいことに、すこしでもその崩れた土塊《つちくれ》に当たると人が死んでしまうのでした。信者の人々が一人、二人と死んでゆく様はみていて悲しく、涙が止まらなくなりました。

その時です、鵲が現れたのは。雄と雌の二羽が突然姿を見せたかと思うと、一羽が柴、もう一羽が泥をくわえ、目にも止まらぬ速さで壊れたところを直し始めたのです。御殿の壁はあっという間にもとに戻ってしまいました。気がつくと、あんなに落ちていたはずの土塊もすっかりなくなって、死んだはずと思っていた善男善女も元通りになっていました。わたくしもそれを見てすっかりうれしくなりました。ところが、その鵲をさがそうと御殿内を見渡しましたが、姿がありません。というのは、激しい羽ばたきですっかり精魂つきたのでしょう、光沢のあった翼もすっかりこそげ落ちて二羽とも御殿の床に落ちていました。命の恩人ともいえる鵲たちの変わり果てた姿に、人々は驚いてその周りに集まりました。皆一様にあわれをもよおしていたことでした。

わたくしがその光に気づいたのはしばらくのちのことだったように思います。御殿の中にゆっくりゆっくりと金色の光が満ち始め、やがて目も開けていられないほどのまぶしさになりました。目を閉じてさえも強い光が感じられるほどでした。そして、潮が満ちてやがて静かに引いていくように金色の光も弱まって、消えました。人々が目を開いた時、二羽の鵲の姿も消えていたのです。ですがその行方は、ほどなく善男善女の知るところとなりました。なんと、ご本尊の冠の中に金色の鳥となって鎮座していたのです。その時わたくしの感じた幸福感はいかばかりであったことでしょう。あの夢を想い出すたび、胸が締め付けられるような気がするのです」

志賀姫は上気しながら語り終えた。

「唐装束をつけた本尊のいる御殿？　はて妙ですね。それは噂に聞く唐土《もろこし》の神々のいる御殿かもしれない。道教とかいう教えがかの国にあり、仏の教えとともに国の柱の一つとなっていると聞きます。……そう、道観といっていました、その御殿のことを」

「どうかん？　はて、聞いたこともない言葉ですが――わたくしのみた夢はその道観なのでしょうか。でも、どうして――」

「そこが不思議なところです。見たことも聞いたこともない御殿を夢にみるというのは。でも、夢というのはそういうものかもしれないが」

夢は未来を予兆するとも思われていた時代である。夢でみた唐御殿《からごてん》とのつながりが、志賀姫の将来に関わりがあると考えられても不思議ではなかった。

「その時、あまり鮮明な夢だったので、占者に診《み》てもらったのです。二、三人の人に頼んだのですが、残念なことに誰もこの夢を解くことはできませんでした。ただ、そのうちの一人は、きっと幸運な夢だと申しておりました。なんでも、鵲は瑞兆の鳥だとか。その巣には必ず梁《はり》があるのだそうです。そして夫婦の鵲が巣作りをする時、もし梁を上げるのを見た人がいたら、その人は必ず出世をする、といわれているそうでございます。わたくしの夢の鵲は柴と泥をくわえていました。それはもともと巣作りに用いるもの。ですから、梁上げにむすびつくかもしれない、と占者は申しておりました。本当かどうか半信半疑でございましたが、でもわたくし、あの夢は決して悪い夢ではないと信じております」

一部始終を語り終えると、志賀姫は智泉に身を寄せながら訊いた。

「でも道観って、どんなところかしら。金色に輝く宮殿のようなところかしら。ね、それは唐土にしかないものですか。この国にはないのですか」

「さあ、わたしは見たためしがありません。ただ、いまから百五十年以上も前の斉明天皇の御代《みよ》、田《た》身嶺《むのたけ》というところに両槻宮《ふたつきのみや》という宮殿が建てられました。これは天宮とも道観ともいっていたという話を聞いたことがあります。でもその宮殿はいつの頃か取り壊されてしまい、建物はおろか、建っていた場所さえわからなくなってしまったそうです。いまでいう多武峰《とおのみね》のどこかなのですが」

「まあ、どうしてそのような乱暴なことを」

「噂では、み仏の教えとは異なっていたために、時の高位の僧侶がその取り壊しを帝に進言したのだとか……」

仏教徒による道観破壊の噂を、智泉はいいにくそうに志賀姫に話した。

「残念なことを。きっとすばらしい御殿でしたでしょうに。神官——というのでしょうか、そこに住んでいた人たち。そのあとどうしたのでしょう。まさか御殿といっしょに……」

「いや。その宮殿が道観だとすれば、そこで奉仕していた人々は道士ということになりますが、その道士たちが両槻宮と命運をともにしたという話はありません。なんでも還俗させられて俗世間へ戻されたらしい」

「よかった」

と志賀姫は、ほっと胸を撫でおろした。

「それでは、もしかするとその末裔の人たちが今も生きているかもしれないのですね。逢ってみたいわ、わたくし」

失われた宮殿とその人々に寄せる志賀姫の関心の強さは、智泉には理解できなかった。夢でみたことがそれほど印象に残るものなのだろうか。

「そう、きっと生きているに違いありません。いつかきっと、……きっと逢えるに違いないわ」

志賀姫は頬を紅潮させながらいった。しかし智泉には単なる思い込みとしか映らなかった。

ところが、姫の頬は急に色さめて、くすんだ燕脂に変わった。

「でもわたくし、ときどき不安になることがございます。智泉様のおそばにいて、幸せであればあるほどなにか空恐ろしい気がするのです。たとえようとてない幸せの一歩向こうに、果てしのない闇がひそんでいるような……そして幸せなひとときが過ぎ去った後に、なにもない永劫の時がくるような……。ちょうど夢にみた御殿の壁という壁が崩れ落ちるときの懐いが襲ってきて、とても怖《こわ》いのです」

志賀姫はおびえるように顔を智泉の胸に埋めた。だが、志賀姫のいだく恐れは智泉とて同じだった。

智泉はまがりなりにも僧であった。しかもすでに女犯の罪を冒した破戒の僧である。もっとも破戒といっても二百五十項目にも及ぶすべての戒を守ることはほとんど不可能であったし、実際には完璧な持戒の僧はきわめて稀であった。女犯についても、たとえ一時の過ちで冒すことはあっても発覚さえしなければ表立った宗門の咎めもなしにすます、といった暗黙の不文律らしきものが当時の仏教界にはあった。私度僧の中には堂々と妻帯しているものさえいたのである。

だが智泉にも自責の心はあった。ただそれは、破戒の事実に対して自らの僧としての資格を問うというよりも、家門の再興という使命を負った中途半端な自分自身の立場の問題に、否応なく志賀姫を巻き込まざるを得なくなるだろう、ということに対する自責の念であった。

崇丸として無邪気に育った幼少の頃、そのような大それたことは考えも及ばなかった。しかし成長するに従い、周囲の視線が意味ありげなものとなり、やがて母に伴われて氏の長の前に出向き、京家の長から家門を託すひとりに抜擢されたと告げられた。名誉であるぞといわれながら、近親者との別れ、出自の隠蔽、大安寺への入寺、と身辺が激変するなかで、家門の使命を果たすべきおのが立ち位置にはついになじんだことがない。理不尽と思うことすらある。ただ、いずれはその葛藤の濁流がのっぴきならない水位に達し、ついに堰を切る場面がくることは予想していた。それは自分ひとりで立ち向かうつもりだったのである。

これまで自分の問題と志賀姫の幸せとを、別個のこととして考えられるような気がしていた。しかし、そんなことは幻想であった。だからこの先どうなるのか、いったい自分はどうしようというのか、智泉自身わからなかったのである。そうした迷いを放棄させるほど志賀姫とともに過ごす時は、満ち足りたものだった。

だが、そんな迷いを志賀姫にいってみても始まらない。

「姫、そのようなことを考えてはいけない。それは根も葉もない予感にすぎません。現に姫の夢では崩れ落ちた壁はりっぱに元に戻るではありませんか」

「それはそうなのですけれど……そのとき鵲は本当に現れるのでしょうか。鵲とはいったいなんなのでしょう」

「……」

「それに志賀は――」

言葉をとぎらせたまま、姫は息を殺している。

「どうなされました」

智泉が志賀姫の顔を窺う。

「い、いえ」

といいながら、もとの落ち着きを取り戻そうとしたのだろう。しかし志賀姫の目にはふいに涙があふれ出した。一度堰を切った激情はとめようもない。姫は嗚咽をおさえることができなかった。

「姫！」

姫は涙ながらにいった。

「志賀は……志賀は悪い女ではないかと、そればかり気にしております。智泉様をお慕いするあまり、その想いで胸が一杯の時はなにも恐れず、なにも怖いことはないのですが、ふと智泉様がお坊様であられ、なんのかのと申しましても、志賀はご修行の妨げにちがいはないことに思い至りますと、身の置きどころを失ってしまうのです。

でも、智泉様をお慕い申し、智泉様の幸せを願う気持ちに嘘偽りはございません。智泉様のいない現《うつ》し世《よ》など考えられません。……ですが仏門では女は魔物。ならば志賀はどうすればいいのか。み仏に懸命にお祈りいたしましても、なんのお告げもございません。やはり女は罪業深きものかと、嘆くばかり。志賀が智泉様から身を引けばよいとわかっていても、志賀にはそれは生き地獄のようなもの、とてもできそうにありません。志賀は悪い女でございます」

一気にいい終えると、姫は押し寄せる感情の波に身をゆだねた。そこには、智泉に初めて身を開いたときの気丈な乙女の姿はなかった。

「姫はそれほどまでにわたくしめのことを……」

智泉は志賀姫を強く抱き寄せた。いまの智泉には、そうすることしかできなかった。

その時、蔀戸の外にかすかな物音を聞いた。智泉は、はっと身を起こした。

「いかがなされました」

と姫が驚く。

しいっ、といいながら、智泉はすばやく戸の側に身を寄せ、わずかに蔀戸をこじあけて外を窺った。葉の落ちた前栽は三日月の光を受けて細々とした蔭を地面に投げかけている。そこに何者かが潜んでいるようだった。智泉は遣戸を引き開けると同時に低く叫んだ。

「何者だ！」

その声と同時に影がはねあがり、逃走しようと身をひねった。しかし、その一瞬をのがさず、智泉の手から蔀戸の支持棒が飛んだ。その棒はあやまたず影の額のあたりを突いた。

「うっ！」

と、のけぞりながらも影は逃げた。智泉はそれ以上追わなかったが、影の姿は露わにみることができた。鍵丸とかいう、姫の館の若い家人であることは疑いなかった。

智泉は棒の落ちた庭先の薄暗がりを、じっと見つめたまま立ちすくんでいた。

11

都大路に小雪の舞う十二月。

時折、寒風が吹きすさぶのにもかかわらず、路地のあちらこちらで立ち話に打ち興じる人々がいる。

「おい、聞いたか。もう歳の暮れまでもつまいといわれた空海御坊が、なんと、もち直したそうじゃねえか」

「おう、儂も聞いたぞ。なんでも病み上がりだというのに、早速高雄の山寺で大法会とやらをやったそうな。たいしたものじゃあないか」

「ちょいと。その空海御坊って誰のことさ」

男たちの会話に年増女も割って入った。

「なんだ、お前さん知らないのかい。唐土からつい先年、新しいみ仏の教えとやらをもって帰ってきたお坊さんだよ。恐れ多くも帝の御おぼえがえらくめでたいということで、もっぱらの評判だわな」

「その坊さんが、病に倒れてな。噂ではもう長くはないと雲上の方々も思っていたそうな。それにしてもよくもちこたえたものだ。例の流行病《はやりやまい》だろ。儂の縁者でも死んじまったのが多いというのによ」

「いや流行病じゃないそうじゃ。何かはわからんがの」

「そのお坊さんのことなら、太宰府から来た旅僧から聞いたよ」

と別の乳飲み子を背負った女が、寒さで両手をこすり合わせながらいった。

「えらい法力の持ち主じゃそうな。その旅僧のいうことにゃ、あれほどの法力は、常人では得難いもの、悉曇《しったん》の天狗が憑いているのではないか、との仰せじゃった」

「なに天狗とな、うーむ」

「儂のせがれが、どこから聞いてきたものか、空海御坊のいる乙訓寺の方角に夜分光物《ひかりもの》が飛んでゆくのを見たものがおるそうな。天狗が味方とあらば、それもほんとうかもしれん。重病を治したのも天狗の霊力かもな」

「だが、その天狗が良い天狗ならまだしも、悪い天狗であれば国が傾くかもしれぬぞ」

「おお、くわばらくわばら」

群衆のざわめきが、空海天狗説へ落ち着きそうになったところへ、大声が割り込んだ。

「わははは。空海は天狗などではないぞ。おぬしら何を血迷うておる」

髭の中に顔が埋まった荒法師であった。山霊がそのまま姿を変えて都大路に現れたような迫力に、人々は気押《け》された。

「天狗などというものはこの世にはおらん。世人のたわごとじゃ。惑わされてはいかんぞ、皆の衆。

いかにも空海は奇跡的に快復した。じゃがな、それは名医がひそかに診て名薬を調合したからじゃ。天狗などとは縁もゆかりもない」

「へーえ、さいですかい。聞いてみるもんだ」

「それで、その名医というのは誰のことですかね」

「ふむ、大きい声ではいえぬがのう、何を隠そう当代の扁鵲《へんじゃく》といわれる出雲宿禰広貞殿じゃ」

「へんじゃく?」

「おお、扁鵲というのはだな、唐土の医の神様じゃ。出雲宿禰殿は、その神様にたとえられるほどの腕前というわけじゃな。なにしろ帝の御薬の調合をされる方。不治の病もなおさいでか」

聴衆が感心して聞いているせいか、荒法師も口が軽くなった。

空海は危機を脱した。出雲宿禰の薬がよかったせいなのか、空海の気力が強靭だったのかわからないが、ともかく治ったのである。

その後すかさず空海は、和気氏の援助の下に高雄山寺で金剛界の結縁灌頂《けちえんかんじょう》大法会を催した。結縁灌頂とは、密教の諸尊と信者が縁を結ぶ儀礼だ。十一月十五日のことである。

高雄山寺といえば、七年前、唐から帰朝まもない最澄が、南都の諸大徳を前に灌頂の儀式を行った場所である。当時、見慣れない密教の法具やら儀式やらに好奇の目がそそがれ、大変な評判を呼んだものである。その最澄が、今度は灌頂を受ける側にいた。というのは、この時こそ、金剛界曼荼羅を前にして行う、わが国で初めての正式な結縁灌頂だったのである。

最澄のほかにこれを受けたのは、和気真綱《わけのまつな》、仲世《なかよ》の兄弟、美濃種人《みののたねと》ほか小数であった。そのためかあまり大きな評判にはならず、むしろ重病平癒の方が世人の関心を集めていた。が、これは次に行う大規模な胎蔵界灌頂への前哨戦のようなものだった。空海にとっては世間の反応を窺う、いわば小手調べであった。

そして空海の鋭敏な触覚は確かな手ごたえを感じたのである。空海が宗教界に雄飛する第一歩となるべき胎蔵界灌頂は明後日に催されるはずであった。

年増女が荒法師にいう。

「ほう。帝のご侍医様が作りなすった薬とすれば、それはそれはよう効くでありましょうのう。しかしお坊様は物知りじゃ」

「儂か。儂はなんでも知っておる」

荒法師は上機嫌である。意外なひとなつっこさに人々もすっかり警戒感を解いている。

「して、お坊様はなにしに都にみえられた？」

「その空海が居る高雄へ参るのだ」

「お弟子様でございますか」

「そうではないが、近々大きな法会がもたれる予定になっておる。それを見に参る」

「なんじゃ。それじゃ野次馬じゃねえですかい」

荒法師の株がやや下がり始める。

「だまらっしゃい！　仏法がこの世に正しく行われているか、確かめに行くのじゃ。野次馬などとはとんでもない」

と声を荒げたが、群衆はあまり納得したような顔を見せない。形勢不利とみたのか、

「儂は先を急いでおる。さらばだ」

と荒法師はその場を去ってゆく。

残った群衆は「いやそれでも天狗は居ると思うがの」などと、ぼそぼそ話し続けていた。


大法会が営まれる日の朝は淡雪が高雄を包んでいた。

先月の金剛界灌頂と違い、今回の胎蔵界結縁灌頂は、その受け手が百数十名に及ぶ大規模なものになるはずだった。最澄の門人も多数含まれている。それらの人々が三々五々結集してくるにつれ、高雄はしだいに喧騒の度を増していった。泰範は未明から法会の準備のため忙しく立ちまわっていた。今も年若い沙彌や、手伝いの人足たちに指示しながら、法具類を経蔵から本堂に運んでいる最中だった。その法具類の多くは、空海が唐の長安で修学のかたわら、買いそろえたり誂えたりしたものだった。今日の法会の本尊となる巨大な曼荼羅も長安で入手したものだ。外気の寒さは泰範の骨身にこたえたが、沙彌たちは頬を紅潮させ血気盛んだった。

本堂に至る途中、泰範の一行は十数名の僧侶の一団にぶつかった。憑かれたように前かがみに歩く先頭の壮年の僧は、見間違えようもない、最澄であった。眉に白いものが混じっているのは雪のせいばかりではあるまい。四十五歳になろう。しかし総身にみなぎる気概は、変わらぬ清新さをたたえている。叡山で自らに厳しい勤行を課しているはずだが、労苦の痕は不思議に感じられなかった。彼らは今日の結縁灌頂に加わるため、数日前から高雄山寺に止宿していた。泰範は立ち止まり、かつての

師に拝礼した。

「おう、泰範殿か。久しぶりであるな。……こちらでも精励されているようでなにより」

言葉をかけるのにとまどいがみられる。

「ご挨拶が遅れました。師もご健勝のご様子、今回はご足労にございます」

「うむ……」

最澄はさらにいいたげであったが、

「お世話をおかけする。当方に何かお手伝いできることがあれば、何なりとお申しつけくだされ」

泰範にそういった。

「ご好意のほど、いたみいります。ですが今のところ人手は足りております。どうぞ宿坊の方にお引き取りください」

と答えた。最澄と泰範の間にわだかまりがないといえば嘘になる。最澄側には、早々に下山した泰範に対して期待を裏切られたことへの憾みがある。泰範には、師を替えたことへの負目がある。しかしそれを表明するのと、そうでないのとでは大きな違いがある。最澄はそれをこらえているようだった。

「ではひとまずごめん」

最澄はそう切り上げた。一門は会釈をして泰範の横を通り過ぎてゆく。冷ややかな視線まじりのその中に、智泉の姿もあった。表情からはなにも読み取れない。久々に逢う機会だったが、今は言葉を交わす時間がなかった。

手にしていた法具の重みも忘れて一行を見送っていると、

「泰範殿」

と後ろから声をかけられた。振り返ると同じ最澄門下の勝仁行者であった。泰範はこの人物が苦手である。

「ご精がでますな。ご苦労なことです」

急に法具の重さに耐えかねて、いったん降ろした。

「勝仁殿か。そちらの方こそ今度の法会には大分尽力されたとのことですが」

「なあに、大したことでもない。儂としては気が進まなんだが、わが師の頼みとあって助力したまでのことです」

今回の結縁灌頂は規模が大きいため、そのための費用や滞在に要する糧米がかなり必要だった。主宰者である空海は、和気氏のみならず藤原冬嗣からも後援をとりつけていたが、それで一切を賄えるわけではなかった。最澄ら参加する側の僧侶の資材は、自前で調達しなければならなかった。実際のところ、官大寺ならいざしらず、高雄山寺のような私的氏寺には必要最低限の糧米以外、余分な食料など貯えてあるはずもなかったのである。

最澄門下でその采配を依頼されたのが勝仁行者であった。勝仁は例によってどこからか十分な物資を調達してきた。この点での才覚には最澄一門の僧たちも敬意を払わざるを得なかった。

「だが儂は結縁はせぬ」

と勝仁がいった。

「ほう。そうですか」

泰範は取り合わぬ風を装った。が、勝仁はかまわず畳みかけてくる。

「この法会にはどこか虚偽の匂いがする」

「なんと。われらが奉じる仏の教えを虚偽といわれるか。これは聞き捨てならないお言葉だが」

と、いつものように面倒な論争になる予感を抱きながら、泰範も思わず気色ばんだ。

「いや、そこまでいってはおらん。だが仏の教えに帰依するのに、このように大仰で秘密めかしい儀式が本当に必要なのかどうか、疑わしく思っているだけだ。それに、単に仏法に帰依するだけの法会ではなく、内外に己が存在を誇示する目的があるように思う。それは貴公も否定できまい」

「……」

「だがそのこと自体は大して責める筋合いのものでもないかもしれん。ただ、わが師がそれに利用されているとすれば、儂としては断じて許すわけにはゆかん。それが、癪に触ってがまんができんのだ」

「いや、そのようなことは決して――」

「まあよい」

と勝仁は泰範の釈明をさえぎった。

「とにかく、儂は結縁はせぬ。ではまた会おう」

今回は勝仁の方が話を打ち切った。しかし勝仁の疑義にはもっともな点もあった。泰範は苦い唾を飲み込んだ。

灌頂の儀式は夕刻から始まった。雪は一向にやまず、寒気が壁を通して堂内に浸みわたる。法会は意外なことに、七年前に最澄が行った時とはまったく対照的に進められていった。あの時は香煙がもうもうと立ちこめる中、伴僧の陀羅尼を唱える声もすさまじく、異様で賑やかな雰囲気が参列者を圧倒したものだ。ところが今度の空海のそれは、うって変わって静謐を極めていた。灯明は必要最小限に切り詰められ、陀羅尼なども心の中に念ずることを建前とし、表面上の賑やかさは微塵もなかった。儀式はほとんど無言のまま進んでゆく。恐ろしいまでの緊迫した空気がそこに張りつめていた。

ところが、こうした沈黙と質素さの中にあって、一つだけ豪奢なものがあった。儀式の中心を占める堂内内陣の曼荼羅壇である。壁面に懸けられた巨大な曼荼羅、壇上の敷曼荼羅や密教法具を始めとする荘厳具には、唐よりの請来品が惜しみなく用いられていた。内陣に入った結縁に参加する者たちは、誰もがそのスケールの大きさと華麗さに言葉を飲んだ。儀式全体の中で、内陣という場所とそこに溜った時間だけがギラギラと光彩を放っていたのである。それは参加者の眼に焼きついて離れない光景であった。計算し尽くされたかのような、あざやかな演出である。そして、結縁灌頂の秘儀はすべてこの内陣での投華の儀式に集約されていた。

壇上に敷かれた曼荼羅に向かって、目隠しをしながら華を投げる。その華の落ちた場所にいる仏が、投げた人と縁を結び守護仏になる。これが「投華得仏《とうげとくぶつ》」の儀式であった。その守護仏を通じて、巨大な曼荼羅宇宙と縁を結ぶのである。その「華」としてわが国では樒《しきみ》の葉が多く用いられた。

百数十名の参加者は、一人ずつ導師の空海から香水を頭にかけられたのち、目隠しをされて投華に臨んだ。

最初に立ったのは最澄である。結縁する者は、できれば曼荼羅の中心、大日如来と縁を結びたいと思うのが人情であろう。最澄とてそうであった。しかし思うのと実際とではくい違いがある。最澄の場合、彼の投じた樒の五弁の葉はくるくる回って大日如来の東隣にいる宝幢如来《ほうどうにょらい》の上に落ちた。

この時、記録係を勤めていたのは泰範である。その泰範が手もとの反古紙に、

「僧最澄　宝幢」

と記していた時、最澄のため息を聞いたように思った。

続いて最澄の弟子や南都の僧が次々に投華を行った。泰範も記録係を代わってもらい投華の結果、般若菩薩を得た。投華僧たちの末尾に控えていたのは智泉だった。

智泉は二十三番目に内陣入りした。

他の人と同じく、智泉もまた内陣の豪奢な設えに目を見張った。五色の糸で結界を張られた投華壇には、金剛杵、金剛鈴、羯磨《かつま》杵《しょ》などの密教法具が燈明を受けて金色の重い光を放っている。内陣側壁には、等身より大きい真言七祖の画幅が懸けられ、伝法の系譜を表している。最もすさまじいのは投華壇背後の壁全体を覆う胎蔵界曼荼羅の威容であった。錦に縁取られたその曼荼羅は、二丈ほどもある巨大な画幅だった。そこに四百体を超える多種多彩な曼荼羅の神々がひしめき合っていた。光の加減でか、まるで今描かれたばかりであるかのような艶を帯びている。それは神々の妖艶な姿態のせいでもあった。

智泉が呆然と見つめていると、空海が先を促した。

香水を受け、黒布で覆面されると智泉は何も見えなくなり、今見た巨大な曼荼羅の残像が目蓋を焼いた。

空海に手を取られて投華壇の前まで歩く。

「いざ」

と声がかかった。

智泉が胸の前で両手を組み、中指だけを伸ばすと、その中指の間に樒の葉が挿し込まれた。そのまま頭上に挙げて、投華の態勢に入る。

智泉の目蓋からようやく曼荼羅の残像が消えた。

が、そのときである、鳥が飛び込んできたのは——。

真っ暗な智泉の視界を横切るように、その鳥は現れた。ふいを突かれて智泉はたじろいだが、鳥はそのまま宙にはばたいて消えない。

——鵲！

と思いきや、その顔は人面。それも忘れもしない志賀姫の顔であった。嫣然とほほえむ人面鳥は、暗黒の空間を自在に乱舞した。天竺にいるという幻の鳥、迦陵頻伽《かりょうびんが》！　やがてそれはいつのまにか志賀姫の裸身に変わっていた。下半身の蔭りが目に突き刺さった。

——そんなばかな！

智泉はその幻視をぬぐい去ろうとしたが、志賀姫の裸身は輝きを増すばかりである。智泉は焦った。黒布の覆面をはずせば幻視は消える。しかし、それは結縁の秘儀に参入するのを断念したことを意味する。智泉の自尊心はそれを許さない。最澄一門の恥でもあった。

無心になろうとした。自力で幻視からのがれるにはそれしか方法がない。だがそうしたあがきをあざ笑うように、裸身は体をくねらせながら奇妙な踊りを始めた。両手両足の肘と膝をまげ、手の指で様々な印を結びながら、交差する両足の動きに合わせて腕を開閉させている。見たこともない舞の動きに智泉は吸い込まれ、呪縛にかかったように体の自由がきかなくなった。

裸身は妖しい笑みを浮かべながら、智泉を闇の向こうに誘おうとしていた――。

「智泉殿、いかがなされた!?」

幻視の呪縛を破ったのは、泰範の掛け声であった。

ハッ――

と、幻視から解き放たれて我に返った智泉は、必死の思いで樒の葉を投じた。樒はゆっくりと壇上に舞い降りた。

しかし、樒が降ちるのと、硬直していた智泉の体が畳み込まれるように崩折れるのとは、同時だった。

12

この日、胎蔵界結縁灌頂を受けた人数は、僧二十三名、沙彌三十七名を含む百四十六名の多数にのぼった。空海の盛名はこの法会を機に一挙にたかまった。まさに大成功であった。ただ、泰範の記した人名と結縁仏名を空海がまとめる段階で、智泉の名は削除された。意識を失った智泉は結縁と認められなかったのである。空海はそれをたいそう惜しんでいる様子だった。

その法会の熱気がまだ冷めやらぬ翌朝、泰範は智泉のいる僧坊を訪ねた。

「体の具合はどうですか」

「は、もう大丈夫です。ご迷惑をおかけしました」

倒れた直後、寺僧に担ぎ出されたときの蒼白な顔色に較べると、頬のあたりに赤味が戻ってきている。だがまだ窶れた印象は拭い切れていない。

「いったいどうなされました。大阿闍梨も心配されていたが」

「面目もありません、わたしの不徳のいたすところです」

といったきり、智泉は口をつぐんでしまった。眉間に小皺が立っている。いたく思い悩んでいる様子に、泰範も理由をあえて問い質しはしなかった。

智泉にとってみれば、予想もしない衝撃であった。まさか、結縁の最も大事な場面で志賀姫の幻視に悩ませられるとは。しかも始末の悪いことに、幻視に捉えられ、一時的にせよそれに魅惑された心の脆さを自分でもどうすることもできなかった。おのが妄想ならば、心を平静に保てば消えるはずであった。しかしそれは消えなかった。それだけ深く迷妄の虜となってしまっていることを意味する。

——いや、果たしてそうか。

あの幻視は強烈すぎた。自分の知らない不思議な舞を舞った。幻視の志賀姫は独立した生き物のように振舞っていた。智泉のあがきを楽しむように——。

——魔物か？

そんなはずはあるまい、あの可憐な姫が。しかし、女は魔性という。想いが昂じると、生霊となって相手の前に現れることもあるというではないか。もしそうならば恐ろしい。

——馬鹿な！

おのが妄想を糊塗しているにすぎない。妄想である方がまだましだ。だが、……わからない。

「え、なにがですか」

泰範がそう尋ねた。智泉の自問自答が口に出たらしい。

「あ、いえ、なんでもありません」

智泉は動揺の色を隠せない。昨日の出来事がかなり尾を引いていると泰範はみた。

「ところで、わたしの結縁仏はなんだったのでしょう」

智泉が平静さをよそおって訊いた。

「不動明王です」

智泉の投げた樒が不動明王に当たったのはたしかである。だが、空海の公式の記録からはずされていることは、いま智泉にいわないでおいた。

「不動明王……」

「魔神を調伏する恐るべき力を秘めた仏ですぞ。よい仏に当たられた」

「魔神の調伏……それは煩悩も調伏してくれるでしょうか。あるいは魔性も――」

奇妙な問いに泰範は困惑した。

「おっしゃることがよくわかりませんが、一心に念ずればすべての法敵を摧破《ざいは》すると聞いています」

智泉は黙ってうなずく。

「しかし、わたしのような器の小さいものでは、その効験にあやかれるかどうか……」

智泉の顔はうつむいたままである。

「智泉殿！　気をしかと持たれよ！」

見かねて泰範は叱咤した。智泉が弾かれたように上体を起こした。

「智泉殿が空海阿闍梨のもとにしばしば足を運ばれるようになって以来、阿闍梨はたびたびあなたのことを話題にされている。そしてあるとき、こう語ったことがある。――あの僧は類い稀な法の器だ。その器量は儂の後継者の一人とするに足るほどのものだ。ただ、おのれの内部にいる敵に欺かれぬよう注意せねばならんだろう。器が大きければ大きいほど、内なる魔障も強いのだ。だがあまり心配はしておらん、と。

わたしはそのような褒め言葉を残念ながら頂戴したためしがないのですよ」

生真面目な顔つきでしゃべっていた泰範は、そういうと人懐っこい笑顔を浮かべた。

「智泉殿。そなたは阿闍梨の甥だそうな。いろいろ事情はおありのようだが、阿闍梨は血縁のせいでそなたを贔屓にしているわけではないといっていた」

「たしかに空海殿はわが母のご舎弟に当たるかたです。わたしが生まれる前にみやこに出られたのでお目にかかることはなく、お会いしたのはつい最近のことだったのですが……しかし、血縁に連なるからこそ、わたしは恥ずかしい！」

「阿闍梨の言葉をようく考えてくだされ。あなたには法の王となる器量が備わっているというのですぞ。一度や二度の挫折ぐらいで気落ちしていては、法王の器が泣きますよ」

智泉は泰範の言葉を一語一語飲み下すようにして聞いていた。

「わたしが法の王などと……。ですがご厚情、ありがとうございます」

「いやいや、要らぬ出しゃばりにすぎません。われながら、よくも自分のことはさておき、それらしい顔をして説教を垂れるものだと、や、厚顔無恥とはこのことですな。ははは」

泰範の照れかくしに、智泉が釣られて笑う。気分がようやく平静に戻ってきたのだろう。

「ところで、ひとつ伺いたいことがございます」

と智泉がいう。

「密教では愛欲、いやずばり申しますと男女の交わりそのものが、悟りの境地に直結するという法門があると聞き及んでおります。それはまことでございましょうか」

「……」

「わが天台では、ご承知のように愛欲は捨てられるべきものとしか教えられません。ですが、愛欲にはなにか重大な秘密が潜んでいる気がしてならないのです。愛欲がなければ子孫も保てず、子孫がなければ法門を伝えるものもいなくなり、仏法そのものも滅尽してしまう。愛欲を拒むというのは、都合の悪いところを逃げているだけで片落ちではないのかと思うのです。もしそれが拒否されるのではなく、そのまま悟りに包み込まれていく教えがあるとするならば、ぜひともそれに触れてみたいのです」

泰範が答えた。

「確かに密教にはそうしたことを説く経典があります」

「なんという経典ですか」

「『理趣経』のことでしょう。しかし、その経典は非常に奥深く、密教の玄旨を体得したものでなければ、正しく理解できないといわれています。それだけ誤解もされやすい。直接、阿闍梨に対面して面授されるのでなければ、勝手に経典を写したり他人に披覧させたりするのは禁じられているのです」

「そうですか」

智泉は落胆した様子だった。

「それならばいつか機会を見つけて直接教えを請うてみます」

だがその機会は案外早くやってきそうであった。最澄が、一門のうちから何人かを空海のもとに派遣して、密教を修学させることになったのである。泰範というにがい先例があるにもかかわらず、この果断な処置を行う器量の大きさはさすがであった。もちろん智泉も自ら志願してその一員に加わった。少なくとも一冬中は、空海門に身を委ねることになりそうだった。

13

翌年の春。

桃の節句が過ぎた頃、泰範はふと思い立って、久しぶりに志賀姫の館を訪れた。藤原一門などとは異なる瀟洒なたたずまいながら、暮らし向きにゆきとどいた風情が感じられた。突然の叔父の来訪に、志賀姫は驚喜した。志賀姫が泰範に逢うのは、二年ぶりのことである。

「まあ、おなつかしうございます、叔父様」

泰範が出家した後でも姫はおかまいなしに叔父様と呼んでいる。

「手土産がなにもないので、鷲鬱金《しゆうこん》という薬香を持参した」

と、小袋を渡しながら泰範がいった。

「それにしても、大きうなられたな、姫」

「いやでございます、あれから志賀がそんなに大きくなるわけがございませぬ。目がお悪くおなりなのではございませんか」

「はて、そのようなものかの。そういわれてみれば、背丈が伸びたわけでもなさそうだ。だが、やはり大きうなったとしか見えないがなあ……そうか、わかった。大人びたのだ。大人の色香を漂わせているのじゃ」

以前に較べると、艶やかさを増したのはもとより、さりげない立居振舞いにも格段に女らしさを帯びてきている。

「それにしても、いい女振りになったものじゃ。どこぞによい殿御でもできたかな」

「叔父様ったら！　志賀は知りません」

ふくれっつらをして横を向いてしまったその顔も愛くるしい。

「叔父様の方こそ、ずいぶんと御修行が進まれたのでしょうねえ」

と、いたずらっぽい眼で姫が尋ねる。

「おっと、これは一本やられたわい」

「これこれ姫、そのような不躾なことを申しあげるものではございませせぬ」

と脇から槙がたしなめた。

「槙殿。よいよい。確かに修行は一向に捗《はか》がゆかんわい。はははは」

その時、縁先から、ハッ、ホッ、という威勢のいい掛け声に混じって、ポン、ポン、と歯切れのいい音が聞こえてきた。

「ほう。蹴鞠か」

遣戸を開けると、松の葉ごしに鞠が上下するのが見えた。家人たちが遊んでいるのであろう。

「なにか酒肴を用意させましょう」

志賀姫が立とうとすると、槙が止めた。

「姫、それはわたくしがいたします。どうぞ姫はこのままで」

「いいえ、わたしがしたいのです。せっかくのお越しですもの」

「これ、姫。拙僧はいやしくも坊主でござるぞ。酒はいけません」

泰範がそういうと姫は笑いながら、

「そうでしたわね。叔父様を前にしますとついつい忘れてしまいますわ。だって、あまりお坊様らしくないんですもの」

「こりゃまた、きついわい」

と泰範は頭を撫でる。では肴だけでも、と姫は奥に入った。

後に残った泰範が槙にいう。

「すっかり大人びたとはいえ、はっきりものをいうところは昔と変わりませんな」

「はい。どうも泰範様を前にしますと遠慮というものがなくなるようでございます。普段はもっとおしとやかなのでございますが……。あとで申し上げておきましょうほどに」

「いやいや、あれでよい。快活なのがなによりだ」

「まことに。いつもあのようだとよろしいのですけれど——」

「というと？」

顔を曇らせた槙に、泰範が訊いた。

槙はそこで泰範に、志賀姫は最近気分が沈みがちであること、それはどうやら姫の想い人との関係がうまく行っていないせいであるらしいことを話した。

「ほう、姫に殿御が――。それは結構。もう姫も妙齢だからな、ぐずぐずしていると姥桜になりかねない。恋のこととなれば、それはいろいろと浮き沈みもあろう。いっとき鬱ぎがちなことがあるからといって、それはこの道にはつきもののこと。あまり案じることもないと思うが、いかがかな」

「はあ。それはそうなのですけれど」

「それに、姫に想いを寄せる殿御は一人だけというのでもありますまい。たとえ姫の想う殿御とうまくゆかぬ場合があったにしても、いつかは落ち着く先も必ずあろう」

と、いたく泰範は楽観的であった。

確かに、姫に文をよこす貴人は何人かいた。だが、姫はそれらに対してほとんど返書らしい返書を出していない。姫の気持ちは、ひとえに智泉なる青年僧に傾いていることを、薄々槙も感づいていた。しかし、僧との恋が実るはずもない。僧が還俗でもしないかぎりは。どこにも出口のない八方塞がりの、道ならぬ恋である。槙は、姫の鬱屈の原因をこの八方塞がりの点にあると思っている。だが、姫の想い人が僧侶であるとは、槙は口が裂けても口外するつもりはなかった。そして、ただひたすら姫の心が、結果的に青年僧から離れることを祈っていたのである。

「少し気晴らしでもさせてみてはいかがかな」

「気晴らし……何か妙案がございますか」

「ふむ……そうだ、市《いち》などに出かけてみては？」

「市、ですか」

それで少しでも姫の気晴らしになるものならば、と楨が考え込んでいると、姫が高坏に甘酒と肴を運んできた。甘酒は醴《こざけ》と呼ばれる一夜酒、肴には梅子や桃子などその実に似せて油であげた八種唐菓《やくさのからが》子《し》を用意してある。おまちどおさま、とほほ笑む姫の顔を見ながら泰範は、その屈託のない表情のどこに鬱屈が隠れているのかと思案し続けていた。

14

立っているとじっと汗ばんでくるほどの陽気だった。ときどき思いだしたようにそよぐ風が若葉の香りを運び始めている。

雑踏は常に民草の仲間である。雑踏は、貴人も役人も民草と同じように飲み込んで活気の糧としてしまう。雑踏は民草がだれに気兼ねすることなく自由に振舞える隠れ蓑である。思わぬ拾いものもあれば、揉め事も渦巻く。その雑踏が、ここ七条の東市《ひがしのいち》には溢れていた。

「おう、この幞頭《かぶりもの》、ちょっと見せてくんねえ」

「なに、おまえさんが幞頭かい。分不相応じゃあないのかい。まあそれでもいいよ」

「ふむふむ。どうだい似合うかい。ん。鏡はねえかな」

「ほらよ」

「どれ。なんだい、この鏡。曇ってるじゃねえか。せっかくの男振りがだいなしだな。ちゃんと磨いときな」

「おおきなお世話だ。素地《もと》がわるいのを鏡のせいにするない」

幞頭《ぼくとう》を売っている幞頭鄽《かぶりのくら》で若い男が品物を物色しているかと思うと、隣の錦鄽《にしきのくら》では貴人の付き人らしき老女が、持参した絹と、棚に並ぶ錦とを交換する商談を交わしている。太刀鄽や弓鄽の前をうろうろしているのは、田舎から上ってきた官人でもあろうか。みすぼらしい形態《なり》ながらも、腰には銭とおぼしき布袋を下げている。

正午に開門したばかりなのにもかかわらず、さして広くもない市の路地は早くも人々でごったがえしていた。月が変わったため、西の市から東の市に変わる最初の日だったこともあろう。折からの陽気にあわせて、左京に住む人々が待ちくたびれたように東市に流れ込んできたのである。

「押売はいかんぞーッ。値切りもほどほどにすることーッ。估価《うりね》をいつわる者がいたら容赦せぬぞーッ。無頼の輩を見かけたら直ちに届けでよーッ」

市司《いちのつかさ》の役人が、声を張り上げながら巡回している。市内に設けられた楼屋に見張りが立てられ、狼藉が起こらぬようにらみを効かせていた。だが人々は、役人の注意にはお構いなしに、それぞれの思惑に浸っていた。

その人ごみの中に志賀姫の一行がいる。あれから一ヶ月ほど後、泰範が都に用事ができたついで、気晴らしと思って志賀姫と槙を市に連れてきたのである。

「まあ、たくさんの人だこと」

志賀姫は市を見るのが初めてで、きょろきょろと好奇の眼差しを四方にふりまいていた。六条から七条へと都を南下するうち、人家も疎らになり、荒れ地も目立つようになってきて、やや心細くなっていたところへ、ふってわいたような殷賑と喧噪の巷に出くわし、驚喜したのである。

「ね、見て槙。ほら、きれいな玉飾り！」

玉鏖《たまのくら》と看板が掲げられている店の前で、低い天井からぶら下げられた玉細工を指さしながら姫がいった。

「ほんに」

「どうやら唐国からの渡来の品のようだなあ」

と泰範はいいながら、鏖の主人に聞くと、そうだと答えが返ってきた。

「手に入れるのに随分と苦労しましたですわい」

初老の主人は得意そうにいった。向かい側に立つ香鏖の香料の匂いが、時々ここまで漂ってくる。

一行、見るだけにして、筆鏖、墨鏖、丹鏖などの前を過ぎると、路が交差して左手には油鏖、米鏖、干魚鏖などの食料品類、その向かいに兵具鏖、太刀鏖、鞍橋《くらほね》鏖など、武具、馬具類を売る店が並んでいる。右手には羅鏖、糸鏖、錦鏖などの織物、染物類の店が両側に広がっている。

一行は右手に曲がった。

さすがに染織品の店々は興味を引くものが多いとみえて、志賀姫の眼はキラキラと輝いている。羅の薄物を手にとっては、どこの産物か、と主人に訊き、五色に染めた絹糸をとっては、ため息をついたりしていた。槙も一緒に夢中になっている。ここではただついてゆくだけの泰範は、やれやれと思いながらも、連れてきただけの甲斐があったと、姫の姿を見やっていた。

中でも姫が時間をかけたのは、錦廛だった。ここは扱う品物が高価なせいか、店前はあまり混雑しておらず、客層も身分賤しからぬ風体の女たちで占められていた。

牡丹唐草文様やら唐花文様、山菱文様など、さまざまな色糸で織り出された錦が陽の光を受けて鮮やかに輝いている。

「これも綺麗！　……まあ、これも！」

と、志賀姫は棚に並べられた錦の反物をためつすがめつ眺めている。錦の反物それぞれには「中之上」「上之下」などと、値札が付けてある。規定では、市のすべての交易品はその估価を上之上から下之下まで九段階に分けて表示することになっていた。公正妥当な交易が行われているかを監視するための手段である。ここでもそれに従っていたわけだが、ひとつひとつ丹念に見てゆくうち棚の奥の方に値札の付いていないものがあることに姫は気がついた。

「これは――」

少しひろげてみたところで、志賀姫の体は動かなくなった。

「どうなさいました」

槙が近寄った。

「カササギよ、鵲の双鳥文だわ！」

姫がたたきつけるようにいう。泰範も何事かと近づいてのぞき込む。それは、紅地に緑、黄、黒の色糸で花葉文が表され、その花葉文内に向かい合わせの双鳥が織り出された錦だった。確かに見ようによっては鵲といえなくもない。黄の色糸による鳥の体は、陽に当たって金色に輝いている。

「これは蜀江錦のようだな」

と泰範がいう。

蜀江錦は中国の蜀の地で古くから産出されているもので、文様の色糸を緯《ぬき》つまり横糸ではなく経《たていと》に用いる経錦《たてにしき》である。技術上、文様を織り出すのが緯錦《よこにしき》よりはるかに困難な分、完成品には独特の古風な雅致が漂う。しかし、蜀江錦がよく舶来されていた昔ならともかく、今の世にそうそう手に入る品物ではない。

「紅色がなんとも美しうございますねえ」

と、槙もため息をつく。

「でも、鵲がなにか——?」

「えっ……なんでもないの。綺麗な双鳥文だと思って。……でもこれほしいわ」

思い詰めた眼差しで姫がそういった。はあ、と槙は困ったような顔をしながら、廛の主人に估価を訊いてみることにした。

主人は小太りの脂ぎった肌をした中年男である。人当たりは良さそうだが、抜け目のない眼付きをしていた。主人は、その錦に値札の付いていない理由を「上之上」を超えるせいだと説明した。泰範が蜀江錦かと訊くと、そうだと答えた。いまどきなかなか手に入らないはずだが、どうして入手できたのかと尋ねると、じつは蜀江錦にはちがいないのだが、といって次のような話をした。

昔、漢土の蜀で戦乱があったとき、それを逃れて呉に渡り、さらにどういう理由でか日本に流れてきた蜀江錦の職人がいた。その職人はとうに死んだが、その技術を細々と継ぐものがいて、一代に一人という技の伝承の掟にしたがって今も織り続けている。しかし注文に応じることはまったくなく、思ったときに思ったように織るだけなので、製品を入手するだけでも困難な上、漢土本国でも伝統が絶えたという技をしっかりと伝承しているので、品物に間違いのあろうはずもない。だから値がつけられないのだ——と。

かなり喋り好きな男である。話はどこまで信用できるかわからなかったが、ためしに泰範がその技の伝承者の名前と居所を訊きだそうとしたところ、「商い上の秘密だ」と断わられた。興味をそそる話であったが、それはそのままにしておいて、とにかく売り物かどうかを訊くと、ぶつぶつと曖昧なことをいいながらも、結局のところ売り物ではある、という。それじゃ値をつけろというと、案の定、槙が万が一と思って持参した金銭をかなり超えていた。

「ふーむ」

泰範は考え込んだ。坊主の身で銭を持っているはずもない。だが、志賀姫が錦を見つめる眼は切実であった。

「主人。ちょっとこれを見てくれ」

懐中より泰範は小さな包を取り出して主人に渡した。中を開くと、象牙の筆と小振りの硯が入っていた。

「狸毛《たたげ》の筆と歙州硯《きゅうじゅうけん》だ。筆墨と墨墨に行って値を確かめてきてくれ。これを蜀江錦と取り替えてはくれまいか」

歙州硯は、江西の歙渓に初唐の頃から産し始めた良硯である。狸毛の筆とともにきわめて高価な贅沢品であった。

「叔父様、そんな大事なものと交換してまで志賀はほしいとは思いません」

姫はあわてて辞退した。

「いや、もらい物だ。気にすることはない。たまには叔父らしいこともさせてもらわねばのう」

普段の姫ならば、頑として辞退し続けるところだが、叔父への甘えからか品物の強い魅力のせいか、それ以上はあらがわなかった。

もらい物、というのはじつは空海から授かった物だった。去年の秋に空海が病に冒されたとき、宮中の内薬司を招くなど、泰範の尽力によって治癒したことへの返礼として、唐の地でもとめた筆墨の一つを空海が泰範に与えたのである。

しばらくして真価を確かめに行っていた主人が戻ってきた。満面に笑いをへばりつかせながら、「確かなお品でございました。お望みの通り、蜀江錦はお持ちくださって結構です」という。

それを聞いた姫は朱を散らしたような顔になった。姫はすまなそうに泰範に何度もお礼をいいながら、肩を揺らせて喜んでいる。

楨と泰範は姫の興奮を楽しそうに眺めていたが、あまりのうれしがりようを不思議がった。二人とも志賀姫が夢でみた鵲のことなど、露ほども知らなかったのである。

その時、路地を隔てた向こう側で騒ぎが起こった。人だかりがして、時々罵声が飛び交っている。泰範たちが近づいてゆくと、人垣の中でいい争う声が聞こえてきた。

「この坊主めが。よくも人様の巾着を盗みやがったな」

「仏僧に向かって何をぬかすか。儂はこんな巾着など知らぬ」

「知らんとな？　じゃあなんだってその墨染の衣に入っていたんだい」

「だから知らぬというておる」

「知らばっくれたってだめだ。現に入っていたんだから。さあ、それを返してもらおう」

「おう、こんなもの、おぬしのものとなれば返すも応もない。それ！」

「返してもらうだけでは気がすまぬ。盗人は捕まえてもらおう」

そうこうするうち、騒ぎを聞きつけて市司の役人たちがやってきた。二人の間に割って入り、それぞれに説明を求めている。

坊主と呼ばれた方はどこかで聞いた声だと泰範は思った。人垣をかきわけながら前に出ると、やはり、護命門下の兄弟子、嘉操である。

「嘉操さん――。嘉操さんじゃないですか。どうしたんですか、こんなところで」

「おお、泰範か。しばらくじゃのう。いやあ、揉め事にまきこまれて参っておる」

事情を訊いてみると、市の店《たな》先を冷やかしながら徘徊していたところ衣の袂がやけに重くなっているのに気がついた。手を入れるとみたこともない巾着が出てきた。近くにいた舎人風の男が、「あ、俺のだ」と叫んで嘉操に掴みかかろうとしたが、膂力にまさる嘉操に軽くいなされたので口論になった

――という。

どうやら掏摸《すり》の隠れ蓑に利用されたらしい。

「とにかく両名とも司所《つかさ》までご同行いただきたい」

役人が男と嘉操にいった。成り行きが心配されたので泰範もついてゆくことにした。そのため一時、泰範と志賀姫たちは別行動をとることになった。泰範が戻ってくるまで、引続き市内を散策することにしたのである。

「だいじょうぶかしら」

と、泰範を見送った後、振り向いて歩き出そうとした途端、姫は人にぶつかった。これはすみませぬ、とあやまると、相手の男は姫の美しい顔に陶然と立ちつくしていた。

午の刻に開いた市も、未の刻を過ぎ申の刻にかかろうとしている。まだまだ人混みは散りそうにないが、喧噪はおさまりつつあり、はやらない廛の前は閑散とし始めている。

志賀姫たちはその人影のまばらな路地の方に足を踏み入れた。路地に面した廛と廛の間にはときどきあやしげな女の姿も見かける。眼付きの鋭い男が寄り添っていることもあった。市女《いちめ》とよばれる春を鬻《ひさ》ぐ女たちであろう。

興ざめた気分でいると、向こうの方から、

「箸は要らぬかー」

という物売りの声が聞こえてきた。かん高く、嗄れた声である。

「箸は要らぬかー。丹塗りの箸は要らぬかー」

人声に混じっても突き抜けてくるその声は、どこか場違いな響きを持っていた。次第にこちらに近づいてくる。

「おい、赤箸翁《しゃくちょおう》だぜ」

「ああ、俺は苦手だから帰るぜ。どうも薄気味悪くっていけねえ」

「また現れたね」

「いつも市に入る姿と出る姿をだれも見たものがいないっていうじゃないか。気味が悪いというけど、ほんとは仙人だという噂もあるよ」

「そうそう。あの赤い箸は福を呼ぶという話だぜ」

「仙人だかなんだか知らないが、とにかく俺は御免だ」

下々の者たちが数人たむろしながらそんなひそひそ話をしている。

志賀姫と槙は脇によったとたん、人混みが割れてその人物の姿が見えてきた。笠を被り、長い木の杖をつきながら歩いてくる。ところが、その笠も衣も青色だ。普段人々が身につける衣の色ではない。赤箸翁という呼び名は赤い箸を売り歩くところからくるらしい。

やがて近づいてきた容貌を見て、姫は改めて驚いた。笠から垂れる髪は総白髪で、なんと眉毛が足の膝ぐらいまで長く伸びている。測り知れない年輪を刻んだ顔が、現し世の夾雑物を洗い流したような縮んだ体の上に乗っている。山の精でも凝り固まって人の形をとったかと思われる風骨であった。

「丹塗りの箸は要らぬかー」

声は頭上をかすめて天に上ってゆく。青い笠は油を塗ってあるらしく、ギトギトと鈍い光を反射しているが、光の禿げたところは苔むしていた。売り物の箸は左腰に下げた皮袋に入っている。

姫たちは立ち止まって、そのままやり過ごそうとした。ところが、姫の横に来た時、赤箸翁の足がピタリと止まった。しばらくうつむいたまま何事か考え込んでいる様子であったが、すると、あろうことか、体ごと姫の方を向いてスルスルと身を寄せてきた。

「……！」

赤箸翁に見つめられて姫は金縛りにあったように身動きがとれなくなった。樹の根のような皺の奥にある瞳は、底知れぬ沼の深みを思わせた。その深みに引きずり込まれ、姫は気が遠くなりかけた。

「怪しげな気の乱れじゃ！　杜徳幾《ととくき》か」

鋭い老人の声に、はっと姫は意識を取り戻した。

「怪しげとは何事ですか。無礼があったら、御老体といえども許しませぬぞ」

槙が声高く詰めよる。だが老人は動じることなくいった。

「どこのどなたかは存ぜぬが、深く悩むことがあろう。その悩みが気脈を乱すまでに至っておる。気をつけなさるがよい」

赤箸翁は、それだけいうとまた踵を返して元の歩みに戻っていった。草深い匂いが後に残った。

「丹塗の箸は要らぬかー」

遠ざかる声を聞きながら、槙は、

「老人の戯言《ざれごと》でございますよ。お気になされますな」

と姫に語りかけた。だが志賀姫は、もはや人垣に隠れて見えなくなった赤箸翁の行方を呆然と見つめたままだった。

「姫！　いかがなさいました」

すると志賀姫は、ゆっくりと振り向き、槙の顔をまじまじと見ながらぽつりといった。

「あの御老人、瞳が四角だったわ……」

15

智泉は高雄の山から離れなかった。昨年十二月の胎蔵界灌頂を契機に最澄は多数の門弟をそのまま高雄山の空海のもとにとどめ、密教を学ばせることにした。その門弟たちも四月に入ると延暦寺に帰山し始めたが、何人かはまだ戻らなかった。智泉もその一人である。

それまで智泉は、最澄の使いとして何度か空海を訪れてはいた。叔父にあたる空海が親身な対応をしてくれたことにも惹きつけられた。だが、面と向かって空海から本格的に密教の所作を伝授されるのは今回が初めてであった。

それは不可思議な作法の連続であった。口には意味不明な真言陀羅尼を唱え、手には奇妙な印を結ぶ。あるいは武器に似た法具を両手で操り、あるいは乳木を積み重ねて護摩を焚く。その作法は、どれ一つとして意味の明瞭なものはなかった。だが、その果てしない作法の連鎖に没頭させられている内、不明瞭な意味の宇宙の中に「道」のようなものが通っていることには気がついた。ちょうど木の間に張り巡らされた複雑な形の蜘蛛の巣も、一本の糸からできているように。

──泰範殿もこの感覚を察知して空海門に移ったのだろうか。

だが、その「道」は一本の線ではなく、それ自体、網目に似ていた。「道」の果ては……見えない。今は闇でしかない。そこに世界の秘密が隠されているのだろうか。あるいは、この世の世界とはまったく違う異世界に通じているのだろうか。確かに、所作を修得する最中、危うく自身を見失いそうになることもしばしばである。「道」自体にも、暗黒と官能の罠が仕掛けられていそうであった。

──官能の罠?

そう。それは官能の罠とでもいうほかはない。闇の中に赤くともる燈明のもとで、あるいは山中の星空の下で長時間の瞑想と所作に励むとき、行と自身とが一体となった愉悦が訪れる。ところが、その愉悦の極では、しばしば志賀姫との交わりの記憶を呼び覚まされたのである。ときには再び志賀姫の裸身の幻視に捉えられ、精を漏らしたこともある。智泉はそのたび全身に冷汗をふきだしながら、おびえ、当惑した。

だが智泉は、自分が法の王たる器を持つと泰範に聞かされて以来、心の中にその言葉通り王たらんとする欲望が次第に頭をもたげてくるのを感じていた。その欲望は、仏法の奥義を究めようとする求道的な動機のみから生まれたものではなかった。多分に権威や名声への野心が潜んでいることを、智泉自身否定できなかった。智泉の打算的な分身は、その名声獲得のために何事をなすべきか、あるいは何事をなさざるべきかという判断をし始めていた。

そこでしりぞけられるべきは、不名誉な風評、醜聞であった。

——名声への道に傷があってはならない。すでにできてしまった傷は、隠蔽できない場合でもそれ以上大きくしてはならない。

志賀姫との交渉は、この点まぎれもなく傷であった。この傷は隠さねばならないし、その原因は除去しなければならない。志賀姫との交渉は断ち切る必要があった。

今にして思えば、姫との交渉は終始、姫の思惑のままに展開したものだった。あのような成り行きになろうとは、まったく意図していなかった。だが姫の熱い想いは止めようとしても止まらなかった。それを拒めば、逆に姫が深く傷ついたに違いない。自分は姫の意向に従ったまでのこと。

——自分は引きずられただけだ。

智泉の中に巣喰った野心は、自ら犯した過ちをそう糊塗しようとさえした。都合のいいことに、胎蔵界灌頂の折、志賀姫の幻視の呪縛にかかった事件が、智泉の被害者意識を喚起した。あれは志賀姫の生霊ではないか、荒涼たる闇に誘おうとしたあの幻視は。この事件がなければ、智泉の志賀姫からの離反は、より緩慢な過程をたどったかもしれない。しかし、生霊への怖れが名声への野心と結び付いて、離反を早めさせる結果になった。

こうして志賀姫は、智泉の意識から遠ざけられた。

ところが、修行の愉悦のさなかに志賀姫はよみがえってくる。しかも快楽の記憶とともに。それは胸の内側に爪を立てられるような痛みと懐かしさをともなっていた。自分の心の奥深く、志賀姫が生き続けているのだろうか。それとも、これも志賀姫の生霊のなせる業か。

密教特有の官能の罠ということもある。密教の奥義書『理趣経』には、法悦の境地が性楽にたとえられているという。智泉は、未修行の段階では披見を禁じられているその経典をひそかに窃み見たことがある。そこに、

〈いわゆる妙適清浄《みょうてきしょうじょう》の句は、菩薩の位なり〉

と書かれていた。「妙適」とは性の悦楽に他ならない。「性の悦楽が清らかなものである、という文句は、菩薩の立場を表明している」という意味である。これを文字どおりに解釈すれば、性楽の積極的肯定になる。そんなことが仏教で許されるはずはあるまい。深秘の解釈が要求される点であり、真の意味は阿闍梨から直接教えられる必要があった。経典の文句だけ見つめていてもそれはわからない。

密教にはこうした陥穽がそこここに口を開けている。とくに性楽の譬えは未修行者が陥りやすい罠といわれていた。

志賀姫の幻視の再出現は、この罠に堕ちたことを示すのだろうか。

どちらにしろ、このことはおのれの未熟さと罪深さを智泉につきつけていた。自責の念は、野心によって覆い隠されていたとはいえ、智泉の心は混乱したまま双方の間を揺れ動いていたのである。

六月に入ったある日のこと、智泉はふと空海の書いた『三教指帰《さんごうしいき》』をひもといてみた。これは理趣経とちがって、密教の初心者でも見ることが許されていた。延暦十六年（七九七）というから、空海の入唐前の著書である。このなかに、儒教、道教、仏教の三つの教えの優劣が論じられていた。

儒教を信奉する人物として亀毛《きもう》先生、道教は虚亡隠士《きょぶいんし》、仏教は仮名乞児《かめいこつじ》と、三人の口を借りてそれ

ぞれの宗旨を語らせているが、儒教は道教に劣り、道教は仏教に凌駕され、仏教こそ最高の教えであることを示す筋立てになっている。泰範から聞くところによると、この著書は若き空海の思索の跡を表しているという。それにしても物語風の面白おかしさを混じえた構成といい、華麗な文体といい、とても二十余歳で書ける代物とは思えなかった。

中でも、普段あまりまともに接する機会のない道教のことが、かなり詳しく書かれていることには持ち前の好奇心が動いた。そこには不死の神術と長生《ちょうせい》の秘密の一端が記され、道教を学ぶための心掛けから神丹、練丹、黄金の服用などについてまでも語られていた。その学殖の豊かさには人並以上の教養を身につけていた智泉でも舌を巻かざるを得なかった。

ただ気になることに、道教は仏教に劣るとされるものの、劣る理由は、道教が目指す不老長生を獲得できたとしても、いつかは輪廻の渦に巻き込まれてしまい苦を脱することができない、という論法であった。不老長生の秘術や練丹などの仙薬の効果それ自体が論破されているわけではない。

智泉はこの点に関心を持った。

特に興味を覚えたのは、そうした不老長生を含む道教の実利的な秘術が、俗世の物欲を離脱した聖人になってこそ初めて成就できるという、一見矛盾するような側面をもつ点であった。智泉は、この実利性と脱俗性の並立が気に入った。聖人という謳い文句が、智泉の自尊心を大いに満足させたのである。

智泉は『三教指帰』の虚亡隠士論を何度も読み返した。

〈白金《はくきん》、黄金《こうきん》は乾坤の至精、神丹《しんたん》、練丹《れんたん》は薬中の霊物《れいぶつ》なり。服餌《ふくじ》するに方あり、合造《かつぞう》するに術あり。

一家成ることを得つれば、門合《こぞ》って空を凌ぐ。一銖《いっしゅ》纔《わず》かに服すれば白日に漢に昇る〉

白金や黄金は天地の精髄であり、神丹、練丹は薬の王である。その服用、合成には秘法があるが、ひとたび服すれば白昼に天の河に昇る超能力を得ることができる——という。仙人となって空中を飛行するという効能は、すぐには信じられないが、超人的な能力を授けるという練丹の秘薬や、心魂の修養と薬石の相互作用の下に産み出される貴金類の生成には大いに食指が動いた。

——試してみる価値はあるかもしれない。

だが、どうしたらその方法を知ることができるのか。秘法と名のつくものは、そう簡単には手に入らない。仏教の秘法ともいえる密教は、いま現に師について学ぶことができている。仏教の秘法と道教の秘法が両方とも入手できれば、それこそ無敵となるのではないか。あるいは空海阿闍梨がすでに実践しているのだろうか。

そういえば、道教の達人を俗人から見分ける方法は、瞳が四角かどうかを見ればよいといわれている。

「そんな人間がいるものだろうか」

智泉は口に出していった。

ぼんやりと『三教指帰』の巻物を巻き戻すうち、次の文句がチラチラと目に入った。

〈蟬鬢蛾眉《せんびんがび》は命を伐《き》る斧〉

〈繊腰《せんよう》を視ること鬼魅《きび》のごとし〉

美女は命を断つ斧であり、美女を見るときは悪魔と思え——とある。

——姫……。

智泉の脳裏に、志賀姫の笑顔が泡のように浮かんだ。

「智泉殿。文を預かってござる。受け取られたい」

「はい」

智泉の物思いは、寺男の声で破られた。文は志賀姫からのものだった。

さすがに上臈らしく、香を焚きしめた唐紙に流れるような字でしたためられている。今年になってからもう三通目になる。智泉は最初の一通には返書を出したものの、それ以降は書かないままになっていた。

中を開くと、智泉の無沙汰を嘆く文面に続いて、短歌が一首細い筆で書いてあった。

『六月《みなづき》の地《つち》さえ割《さ》けて照る日にも
　わが袖乾《ひ》めや君に逢わずして』

はっ、と息を飲むような激情を秘めた歌だった。だが、智泉はそれを素直に受けとめる心をもはや持ちあわせていない。様々な思惑が蔓のように絡みついて、それを解きほごすのは智泉にとってむしろわずらわしくなっていた。

16

志賀姫の消息を智泉のもとに届けたのは、志賀姫の家人、鍵丸であった。姫からは智泉の返書を受け取るように、と指示されたのにもかかわらず、鍵丸は人伝てに渡しただけで山を降りてしまった。額の傷が、いつか智泉から受けたものであることを見抜かれたくなかったためである。もっとも、智泉が返書を書く気がなかった以上、それを待っていたところで結果は同じであったのだが。

鍵丸は志賀姫邸に戻るのかと思いきや、二条大路に構えた大きな館の前で足を止め、裏口より入っていった。たちまちそこの家人に捉えられたが、鍵丸が一言二言呟くと、家人は胡散臭そうに眺め回しながら奥の方へ案内した。

まだ日中なのに薄暗い部屋である。半蔀《はじとみ》がほとんど降ろされているため湿っぽかった。鍵丸はそこで半刻ばかり待たされた。待ちくたびれてそわそわし始めた頃、恰幅のいい中年の男が入ってきた。男は肉《しし》が厚く、そのせいで瞼が目を圧迫し、ものを見るときいつも上体を反らさなければならないほどだった。

「待たせたな」

柄に似合わず甲高い声である。

「高雄に使いに行ったそうじゃな。智泉とやらはまだ高雄におるのか」

「いる」

鍵丸の答えはそっけない。だが男はそれをとがめる様子もなかった。

「どうじゃ、そちの姫御《ひめご》との間は。なんぞ変わったことでもあるか？」

「おいらにはますます縁遠くなってゆくようにみえる」

「なに？　縁遠くとな。ふうむ……」

男はしばらく口をつぐんだかとおもうと、ギロリと目を剥いていった。

「そちにとっては喜ばしいことじゃのう、鍵丸よ。想いを寄せる姫御が誰かのものになってしまってでは具合が悪かろうからの」

鍵丸は顔を真っ赤にしながら、

「真足様、そ、そんなことは――」

とおろおろ答えると、真足と呼ばれた男は、

「まあ、隠さずともよい。そちの心中などとうにお見通しじゃ」

と軽く受け流した。

「だけど……」

「なんじゃ、いうてみい」

「姫様の気持ちは智泉とかいう坊主に傾いたままで、ちっとも変わる様子がない。空海の甥だかいううわさだが、あの坊主のいったいどこかいいんじゃ」

鍵丸はむくれた面をしながらいった。小賢しいようにみえてもまだ十六である。感情が露わになる

のを抑えきれない。

「ほう、そうか。それは残念じゃのう。じゃがな、いま姫御と智泉の間が切れてはこちらが困るのじゃ」

「それはなぜ？」

と鍵丸が訊く。

「わけは一切訊かぬ約束じゃろう」

「それはそうだが――真足様の気持ちを知っていた方がより役に立てるのではないかと思うんだがなあ」

「……」

「それとも真足様も左大将様の――」

「だまらっしゃい！」

真足が一喝した。

「お屋形《やかた》様はこの件については関係がない。よいか鍵丸。そちに与える指図はすべてこの真足の意中から出ている。よけいな詮索は無用じゃ。こんどお屋形様のことを口にしたらただでは置かぬぞ。よう覚えておれ！」

カンカン響く割れ鐘のような真足の声に鍵丸は足がすくんだ。

「よいか、そちは命じられたことをそのまま実行しておればよい。姫御と智泉のことを儂のところに知らせに来ればそれでよいのじゃ。わかったな」

手のひらをかえしたような猫撫で声でそういった。

「は」と鍵丸が答えると、

「それっ、褒美じゃ」

金子《きんす》の袋を真足が放ってよこした。足元に落ちた小袋を拾い上げた鍵丸の顔に卑屈そうな笑いが浮かんだ。

鍵丸が口にした左大将とは、この館の主、藤原冬嗣《ふゆつぐ》のことであった。冬嗣は、藤原北家《ほっけ》の出である。藤原北家は平安遷都後、急速に勢力を拡張し、薬子《くすこ》の変で式家が挫折して以降、特に朝廷の枢要な地位を占めるようになった。中でも冬嗣は、嵯峨天皇の厚い信頼を得て、新たに設けられた天皇直属の機関である蔵人所《くろうどどころ》の長官となったのを始め、式部大輔、春宮大夫などの要職を歴任し、昨年より左大将に任じられている。まさに今をときめく人物であった。その館になぜか志賀姫の家人がいる。

伸長著しい北家といえども、今日の権勢はただ漫然と政務を勤めることによって獲得されたものではなかった。他氏族との勢力争いはもとより、同族の藤原氏の牽制工作も欠かせなかった。今でこそ北家は圧倒的優位に立っているが、その地位を築き上げるためには様々な謀略をも厭わなかった。さらに現在の優位を保つため、他家の動静を監視することも怠らなかった。せっかく追い墜とした他の陣営に、少しでも脅威となるかもしれない芽があった場合、あらゆる機会をとらえてそれを潰そうとしていたのである。

鍵丸が対面していた秦真足《はたのまたり》こそ、冬嗣配下において同族の藤原氏に対する謀略部門を担当してきた陰の立役者だった。そして鍵丸は、真足によって抱き込まれた将棋の駒であり、志賀姫の前に現れた智泉に関する情報を真足に知らせる間者であった。どうしてそうなったのか。

智泉は京家の出である。京家は先に浜成が氷上川継《ひかみのかわつぐ》事件で失脚して以来、北家の敵ではなくなっていたが、命脈が完全に断たれたわけではなかった。北家にとっては監視を緩めるわけにはいかなかった。確かに京家は将来における勢力盛り返しをねらっていた。その切札の一つが、一門の俊秀である崇丸すなわち智泉であった。北家は、京家が崇丸の出自を菅原氏にして隠蔽したにもかかわらず、その意図も、崇丸の出家後の名前も知っていた。大安寺にいるところまでは北家の監視が効いていたのである。ところが、比叡山に籠山するようになった頃からその動静が掴めなくなっていた。そして、ある時点からまったく手懸かりを失ってしまったのである。情報を集める役目の真足は焦った。が、ひょんなことから再び智泉の動静が掴まえられた。

……発足まもない嵯峨新政府の土台を揺るがせた三年前の薬子の変以来、政府は平城上皇方の残党狩りを行った。その折、流賊と化していたある一味を捉えたことがある。罪状の取調べに当たった衛門府の官人は、たまたま秦真足であった。

真足はきびしい詮議を行って、これまでの罪状をすべて白状させた。その一つに、かつて洛北の荒野に上臈を追い立て、金品を強奪したというものがあった。その時期を問い質し、官衙に届出のあった被害申し出と突き合わせたところ、志賀という上臈の捜索願に、時期的に合致することがわかった。ただしその後、捜索願はいつのまにか撤回されていた。

真足はどうせ些細な事件であろうと夕カをくくりつつも、一応裏付けを取ろうと志賀姫の館に赴いた。正面から問い質すと案の定、槙という乳母から、

——そのような事実はありません。

という答えが返ってきた。貴顕の女《むすめ》を主人とする以上はさもありなん、とそのまま引き下がったが、帰りがけに内々に家人に訊いてみた。家人たちは一様にいうのを渋っていたが、その時一人の若者が、つかつかと出てきてこう語った。

——どうして皆本当のことをいわないのかなあ。賊を懲らしめるまたとない機会じゃないか。

それが鍵丸であった。鍵丸の口から事件のあらましを聞くうち、姫を館まで送り届けた人物として、思いがけなくも智泉の名が出てきた。しかも空海の甥だという。これで間違いない。空海と崇丸の母が同じ佐伯氏であることは、かねてから調べがついている。真足は内心狂喜した。行方を絶たれていた京家の人間の足取りを掴んだのである。

早速、真足は鍵丸を手なずけて、智泉が現れる毎に報告させた。鍵丸が智泉に反感を抱いているらしいことに気づいてから、その抱き込みは容易であった。またその一方で、真足は直接配下の者に命じ、智泉の周辺を監視させることにしたのである。

「殿。真足めにござります」

「おう、何事じゃ」

秦真足は所定の報告を行うため、主《あるじ》、冬嗣のもとに出向いた。すでに夜更けである。一通りの近況報告を終えた後、真足は智泉の動向にも触れておいた。

「智泉というのは、例の京家の若者か」

冬嗣が尋ねた。沈んだ円みのある声である。

「いかにも」

甲高い声で真足が答える。

「京家など捨てておけ」

「いえ、そういうわけにはまいりません。北家にとりまして脅威となる可能性はすべて退けておく必要があります」

「しかし、京家はもはや無能じゃ。昨年、六位に昇進した豊彦あたりが、せめてもの出世頭であろう。だが、奴も風采の上る人物ではない。あれ以上の出世はもはや望めまい」

「ですが京家は、昔日の栄耀を取り戻すことを諦めたわけではありません。以前にも申し上げたように、京家はその将来を二人の人物に託して、盛り返しを狙っております。豊彦の凡庸さは、いわば隠れ蓑のようなものでしょう。さいわい、その二人のうち一人は最近、病に倒れてすでに黄泉路についたようでございます。しかし、もう一人、つまり智泉はなかなかの切れ者とのこと。油断はなりません」

「そういうものかの。儂には取り越し苦労としか思えぬが……」

冬嗣は気のなさそうに、切燈台《きりとうだい》をめぐり飛んでいる一匹の蚊を両手でパチンと叩いた。

「それに、さき頃落慶なった南円堂でもいろいろ頼りにした空海阿闍梨の甥ですぞ」

「ほう、あの空海と血のつながりがあると申すか。されば才の器はあるかもしれんのう」

冬嗣が亡き父の冥福を祈って興福寺内に建てた南円堂の鎮壇は、空海に相談して決めたという経緯がある。嵯峨天皇からのご推挙であった。

「悪い芽は早いうちに摘み取っておくのが重畳。万事、真足めにおまかせください」

「ふむ。まあ、好きなようにするがよい。あまり手荒なまねはせぬようにな」

するとと真足は薄笑いを浮かべて答えた。

「殿にご迷惑はかけませぬ」

17

「ねえ。まだお姫様のことを追い回しているのかい」

「うるさい！　追い回してなんぞおらんわい。そばについて守ってあげてんだ」

「きゃはは」

と女が嗤う。日焼けした浅黒い肌とよく光る黄色い目をもった牝豹のような女だ。

「鍵マロがお姫様を守るだと。そんなことできると思っているのかい。おまえの弱腕で何から守るってんだろうね。ははは」

女は鍵丸と呼ばず、いつも鍵マロと呼んでいた。女が間違っておぼえたのか、それともその方がさまになっていると思ったのだろうが、鍵丸もそれで満足している様子だ。

「やかましい。姫様に近づく悪い奴等からだろうが」

「悪い奴等って、誰だい？」

「花夜叉《はなやしゃ》には関係ない」

花夜叉と呼ばれた女は鍵丸よりひとつふたつ年上だった。花夜叉はいたずらっぽい目をしていう。

「ふん、悪い奴なんてほんとはいないんだろう。身の程も考えず姫様に横恋慕するおまえこそ悪い奴じゃないのかい」

「……」

「どうしたい。あたいのいうことが図星なんだろう」

「いるんだ」

「ん？」

「いるんだよ、坊主のくせして色に狂った悪い奴が」

「へーえ……」

意外な答えに花夜叉の声が一瞬落ちた。

「きゃははは。嘘だろ、鍵マロ。坊様だなんて。あたいをかつごうってんならもっとうまい嘘を考えなよ」

「嘘じゃない」

「だって……お坊さんがどうやって姫様に悪さできるっていうの。ほんとに悪い坊主だったらやっつけてしまえばいいじゃないか」

の影がもつれあった。

「ごめんよ鍵マロ、そんな意地悪いわないでさあ……この前みたいに気持ちよくしてあげるから」

花夜叉がしなやかな動作ですばやく鍵丸の上に覆いかぶさった。じゃれる二匹の獣のようにふたつ
鍵丸が真足にもらった銭袋を鳴らすと、花夜叉は急に甘えるような声に変わった。

「うるさいなあ。つべこべいうともう着物を買ってやらないぞ」

「どうして黙ってんだい」

「……」


百日紅《さるすべり》が暑い陽射《ひざ》しを紅色の花弁いっぱいにまき散らしている。土埃は地面から立ち昇るばかりで、いっこうに舞い降りる気配がない。

陽をさえぎる枲《むし》の垂衣《たれぎぬ》が、熱気を包んでかえって暑かった。玉の汗が志賀姫の額ににじむ。姫は再び市にいた。

あれから何度か志賀姫は智泉のもとに文使いを遣った。しかし智泉からの返書はなかった。

——智泉様、御身《おんみ》は志賀のことをお見捨てになられたのですか……

そうは思いたくなかった。最初は、差しだした文が智泉の手元に届いていないのではないか、とも思った。あるいは、智泉が病床に伏せっているとかで返書が書けないのでは、とも。だが、使いの者によると確かに文は届けたというし、智泉が病の床に就いているような話もない。

こうまで応答がないと、認めたくないことも認めざるを得なくなる。

——でもなぜ……？

智泉との最後の逢瀬は半年前になる。姫にはその時の智泉の挙措に、こうした成行きを暗示するようなものは、何も思い当たらなかった。それまでと変わらぬように、楽しげにふるまわれていたではないか。姫はその折の智泉の温もりさえはっきり思い出すことができた。それを思い出す度に、内からこみ上げる熱いものに体中を焦がされた。

——道を学ぶうえでの妨げ、というのでしょうか。

志賀姫が、それをいつか智泉に尋ねたとき、智泉はそのようなことはないと答えた。だが、それは姫の気持ちを気遣ったための嘘ということもある。あるいはほかに想いを寄せる女ができたとでもいうのだろうか。

志賀姫は幾度となく自問していた。

そうした堂々めぐりの煩悶のさなか、姫はふとかつて市で出会った異様な風体の人物を思い起こした。たしか赤箸翁とかいったはず……。あの御仁は、尋ねもしなかったのにわたしのところに来て、気が乱れているとかいっていた。

——あの御仁なら何かわかるかもしれない。

藁にもすがる気持ちで、志賀姫は再び市に足を踏み入れたのである。

「姫様。あれはなんでしょう」

槙の代わりについてきてもらった鍵丸の声で、志賀姫は注意を呼び戻された。「どけい、どけい！」

というかけ声が飛んで、人垣が路の両側に分かれたかと思うと、役人の先導で手枷をはめられた罪人が引き回されていった。

「笞三十叩きの刑だそうだ」

「なにしたんだって」

「主《あるじ》の糧米をぬすんだらしい」

「それも病に伏せる親に食べさせようとしたんだと」

「かわいそうに。よほど困っていたんだろう」

人々がそんな話をしている。鍵丸は物珍しそうに、市の刑場に連れていかれる罪人の後ろ姿を見ていた。

「三十叩きって痛いだろうなあ……」

ひとりごとをいっていると、志賀姫に、

「鍵丸。この人たちに、どこに行けば赤箸翁に逢えるのか尋ねてみておくれ」

と声をかけられた。

鍵丸がそう訊くと、人々はお互いの顔を見ながら、しばらく小声で話し合っていた。そのあと老人の一人が、

「わしらにはわかりませんですじゃ。ときどき姿は見かけるのじゃが、誰もこちらから近づこうとした者はおりません」

と答えた。鍵丸がそれを伝えようとすると、志賀姫が老人に直接訊きだした。

「御老人。ではお尋ね申しますが、赤箸翁は東市の始まるに日には必ず姿を見せると聞き及んでおります。今日はその市初めの日。必ずや市においでになると思って参ったのですが、本当にこられるのでしょうか」

枲の垂衣を通して響く涼しげな声に、老人は少し気後れしながら、

「あの赤箸翁についてては何一つ確かなことは存じ上げておりませんのじゃ。それに、どこか薄気味の悪いところがござりますによって、あまり関わりを持ちたくはないのです。姫御前。悪いことは申しませんそ。赤箸翁に逢おうなぞという了見は、お捨てになった方が御身のためですじゃ」

そうですか、ありがとう、と礼をいって姫はその場を離れた。予想していた答えとはいえ、姫は落胆した。が、逢わずに帰るつもりはない。

市の廛《くら》の店前を物色するわけでもなく、黙々と歩く姫の後ろを追いながら、怪訝そうに鍵丸が聞いた。

「姫様。皆、赤箸翁とやらには近づくなといってますが、それでも逢わなきゃいけないんですか。万が一、姫様にもしものことがあったらと思うと、おいら気が気でなりませんが……」

すると姫は、

「鍵丸が心配してくれる気持ちはわかります」

と笑みを浮かべた。鍵丸には、それが何故かひどく頼りなげに見えた。

「ですが、どうしても逢わなければいけないのです。わるいけれど、もう少し辛抱しておくれ」

「いいえ、そんなつもりで申し上げたのではないです。姫様がそういうお気持ちでしたら、鍵丸はどこ

までもついてゆきます」

訴えるように鍵丸は弁解した。

一刻ばかりののち、志賀姫と鍵丸は、まだあてどなく市の中を徘徊していた。市内の路地はほとんど隈なく歩いた。だが赤箸翁には出会わず、逢う手だても見つからなかった。

百日紅の花も次第に黄金色に染まってくる。とってつけたように蜩が鳴き始め、暑さを残した中に涼気を誘い込んだ。

歩き詰めで膝の痛みは志賀姫にも耐えがたくなっていた。鍵丸は小半刻前から一言も口をきかず、志賀姫に従っている。

姫が立ち止まっていった。

「仕方がありません。これだけ探しても逢えないとなれば、今日のところは諦めましょう。無駄足でおまえにも苦労をかけました。さ、館へ戻りましょうか」

鍵丸は姫に労いの言葉をかけようにも、疲れ果てて声がでなかった。内心ほっとしたのである。

だが、帰ろうと踵を返した矢先のことだった。

『儂を尋ねているのは姫御前《ひめごぜ》か』

どこからともなく降って湧いたような声に驚いて志賀姫は周囲を見回した。姫が立っているところは、ちょうどこの前来たとき蜀江錦を需めた錦廛の店前であった。しかし、声の主らしい姿は見あたらない。

どこに向かってというわけでもなく、姫は声に出して尋ねた。

「どなたですか、わたしのことを呼ぶのは――」

『……』

「もしかしたらあなたは……赤箸翁様？」

せき込むように姫が訊いた。須臾の後、声がした。

『何故に儂を探す』

「ではやはり赤箸翁様なのですね。どこにおいでなのですか。お姿をお見せくださいまし」

『何用じゃ』

用件を聞くまでは赤箸翁は姿を現さないつもりらしい。

「あなた様を探しておりました。探しに探してくたびれ果て、帰ろうとしていたところでした」

『ならば帰るがよかろう』

その声が遠ざかるかに思えた。

「待って！　待ってくださいまし。是非ともお伺いしたいことがあって参りました。それはわたしの気脈の乱れのことでございます。以前ここに参りましたとき、あなた様はわたしを見つめて、気脈が乱れておる、と仰せになりました。そのことについてお伺いしたいのです」

またしばらく間があった。鍵丸にはその声が聞こえないのだろう、突然ひとりごとを口走り始めた女主人を見て呆然としている。

「こちらに来られよ」

今度は声の方向がつかめた。すぐ後ろの錦屢からだった。

振り向くとその人が立っていた。いつの間にか廛の内には客はおろか主人もいなくなっている。姫はしばし呆然とその声の主をながめた。

確かに赤箸翁は、前に見たときと同じように、青笠青衣を身に纏っている。だがその青衣は以前のような粗衣ではない。上質の羅である。さらに妙なことに、総白髪で皺だらけの顔と記憶していたものが、いま目の前にいるのは黒髪も混じり、顔の艶もある人物で、少なくとも十歳は若く見えた。長い眉毛もなくなっている。だが赤箸翁は、姫の面食らった様子には頓着せず、踵を返して歩き出した。躊躇している暇はなかった。姫は小走りについてゆく。鍵丸もつられるように後を追った。

市の廛の中に入るのは初めてだったが、こんなに奥深いものだろうか。右に左に折れ曲がる細い道を姫は延々と歩いた。備え付けの燈台がなければ暗闇で見えそうもないところもあった。そのあたりは通路の両側が巻絹でぎっしり埋められていた。また途中にあった小さな広間では、円卓を囲んだ唐服の男たちの凝視を浴びてドキリとさせられた。赤箸翁はそんなことにもおかまいなしに歩き続けていることがむしろ救いだった。

つんと鼻をつく香がさっきから通路にたちこめ始めている。そのせいだろうか頭の中に薄膜がかけられたようで、屋内にあるはずもないこんな長い通路のこともさして不思議に思えなくなっている。やがて赤、青、黄など原色に染められた多数の幡が垂れ下がる一角にきて、ようやく赤箸翁は歩みを止めた。

そこはちょうど八角形の御堂を内側から眺めたような構えをしていた。折上げの格天井からは、金色の龍頭のある大きな天蓋が吊り下げられ、床に設置された八角形の台盤に向けて、金糸銀糸の縫い取りのある八枚の絹布が天蓋から垂れて、幄舎《あくしゃ》を形造っていた。絹布の文様は、見たこともない動物と唐草文で埋め尽くされている。台盤下の八つの隅には黄色い砂が盛り上げてあった。先ほどからの甘ったるい刺激臭はここから発しているらしい。鬱金《うこん》のような匂いだった。

通路につながっている一壁をのぞく七方の壁はすべて丹塗りの板壁で、扉がないところを見るとこれ以上は行き止まりである。板壁の長押には張り出しがあって、翼のある獅子形やら虎形やらの辟邪《へきじゃ》が内陣に睨みを効かせていた。

その雰囲気の異様さは、志賀姫を怖気づかせるのに充分であったが、いまさら後戻りするわけにもいかなかった。

「これへ」

赤箸翁は幄舎の中に入っていった。姫は不安に駆られて鍵丸を見たが、もっとおびえた視線に出会っただけだった。

「お、おいらはここで見張りを……」

と鍵丸は幄舎の前にへたれ込んだ。

中は柔らかい毛氈のような茵《しとね》が敷きつめられ、意外に広い。赤箸翁の坐った背後には黒漆塗の厨子が置かれている。観音開きの扉が開いて中から念持仏らしい黄金色の三尊像がのぞいていた。だがそれは仏像ではない。豊かな鬚髭をたくわえ、冠をいただいて唐服をまとった俗体風の格好をしていたのである。ハッ、と息を詰まらせながら、姫はそれが鮮やかな夢の記憶の中で二羽の鵲とともに登場した巨大な唐神と同じ姿であることに気が付いた。

——道教の神……

智泉は確かそういった。この黄金の三尊像もそうなのだろうか。

「元始天尊《げんしてんそん》、太上道君《たいじょうどうくん》、太上老君《たいじょうろうくん》の三天帝じゃ」

赤箸翁は姫の問いを先回りして答えた。

夢の唐神と黄金像との符合にとまどいながら、姫はその唐神が現実にかたちとなって現れたことに何故か落ち着いた気分を味わっていた。その夢がこうした時の来ることを教え、肯っているように思えたのである。

「坐られよ」

赤箸翁に促されて坐った姫の目の前には、一辺五尺ばかりの四角い盤が置いてあった。こうした方盤は見たこともない。外回りは方形だが、中央部は径三尺ほどの円形にくり抜かれ、そこに別の円盤がはめ込まれている。方盤は床に固定されていたが、円盤はまん中に軸があって自由に回転するようだった。方盤円盤とも表面はなめらかな朱漆がかけられ、黒い線で文字やら図形やらが書いてある。

円盤には四重の同心円が切ってあった。一番外側の輪帯には十二支の名が等間隔に記されている。ひとつ内側の輪帯には「天一」に始まって「天空」に至る十将の名称、もうひとつ内側の輪帯には「登明《とうめい》」に始まり「神后《しんこう》」に至る十二月神の名称が同様に記されている。一番内側の円輪には文字がない代わり、七個の孔と一個の小孔が穿たれ、それらを線で結んで龍のような図形が表されている。北斗七星であった。

一方、方盤の方は四重の方帯がめぐらされ、一番外側の方帯には二十八宿、一つ内側の方帯には十二支、さらに内側には十干、一番内側の方帯には九曜の名がやはり等間隔に記されている。さらに四方四維には八卦が配置されていた。じつはこの複雑な形状の盤こそ、式占《ちょくせん》という占いに用いる道具、式盤《ちょくばん》であった。

赤箸翁は傍らの壺から赤い砂のような物を取り出し、天幕の外にあった物と同じ黄色の粉と混ぜ合わせながら姫にいった。

「これより北辰《ほくしん》の式占を行う。人にはそれぞれお伺いすべき二柱の北斗の神々がいる。本命星《ほんみようしよう》と元神星《げんしんしよう》じゃ。この二神が人の命運を司る。そなたの生まれた年は?」

「はい、子の年ですが」

「ならば、本命星に当たるのは貪狼星《とんろう》、元神星に当たるのは武曲星《ぶきよく》。即ちこの星じゃ」

といいながら、赤箸翁は式盤中央に穿たれた七孔のうち第一番と第六番の孔を指し示した。

「あの……わたしは――」

「そなたの心の内はわかっておる。所望と天命との間にずれが生じておるのじゃ。それが気脈の乱れを惹き起こしておる。そのため杜徳幾《ととくき》というて、徳の働きが封じられておる。だがそなたは所望を捨て切れまい。所望の行く末を占ってみるほかはあるまい」

「は、はい」

問いを許さぬ静かな口調であった。

「心を空しうして、これを捧げ持ちなさい」

赤砂と黄砂の混ぜた受け皿を姫は渡された。

赤箸翁は瞑目して祭文《さいもん》と禁呪《きんじゅ》を唱え始めた。千年も年を経た老松のような苔臭さが波紋のように広がり始めたと思った時、姫が捧げ持った皿から一筋の煙が立ち昇った。

煙はしかし、昇るやいなや方向を転じ、式盤の中心めがけて落ちてゆく。式盤に達する直前で煙は二筋に分かれた。二筋の煙は北斗の図形の第一番目と第六番目の孔に入っていった。すると式盤の円盤が回りだした。それも同心円の輪帯すべてが隣接する輪帯とはたがいに逆方向に——。

驚いた目で見つめる志賀姫にはおかまいなく、赤箸翁は低く唸るような禁呪を唱えながら盤上に黄色粉を撒いた。円盤の回転が速くなり、受け皿からの煙の筋が糸車に巻き取られるように式盤に吸い込まれたかと思うと、今度は盤の中心軸あたりから鮮やかな青い煙の塊が噴出した。煙の塊は何かの形をとろうとしては崩れているようだった。刺激臭が漂い、姫の瞳は膜がかかったように曇りだした。

紫の光が降りてきた。光の傘は胸のあたりまで降りて止まった。ふと見上げると、輪郭だけの透明な化人が宙に浮いていた。小さな七人の神女と一人の童子であった。手の届きそうな位置のようでもあるし、はるか彼方のようにも思える。神女は北斗七星の精、童子は北斗の武曲星の傍らにいる輔星《ほせい》だった。童子の差し上げた右手には白玉が皓々たる光を放っていた。

神女たちの視線は盤上でうごめく青煙に向けられていた。神女たちはまったく動きがなかったが、青煙に力を注いでそれを助けるように見えた。青煙は伸縮を繰り返しながら形をとりそうになった。ある時は頭だけが形をなし、ある時は後足だけが形をなした。なんとそれは龍だった。童子の持つ白玉を追わんとする龍だった。

突然、志賀姫は自分の命運がこの龍の顕現にかかっていることを身の震えとともに実感した。姫はたちまち、形をとろうともがいているこの青煙に心魂を傾けた。何度目かの伸縮の後、ついに龍は雄姿をあらわそうとし、頭から片方の後ろ足まで実体化させた。

——そうよ、その調子よ!

だが、それがせいいっぱいだった。龍は不定形の煙の塊に戻ってしまう。引き絞れ切れない強弓のように……。やがてじりじりと盤の方に引き寄せられ、恐ろしい速さで回転する円盤に吸い込まれてしまった。

神女はすでに姿を消していた。ひとり残った童子は、幼い風貌に似合わぬ年たけた諦観の表情を浮かべ、右手に持った白玉を天蓋の中央めがけて放り上げた。天蓋はそのときなんと星空の高さにあった。その白玉がたちまち天頂に到達した瞬間、幾千幾万の白玉があらゆる方角に放射された。沛然とふる白玉の驟雨を前に、志賀姫はハッと地に伏した。

しかし白玉は姫の体を撃たなかった。気がつくと紫の光は消え天蓋も元の高さにおさまっている。幻視《あやかし》か、と思ってあたりを見る。と、式盤もいつのまにか静止し、黄色粉が円盤上に乱雑な文様を描き出していた。赤箸翁がそれをじっと見つめている。

赤箸翁の瞳が一瞬四角に変化し、すぐまた元に戻った。姫にはそう見えた。

「上卦は艮《ごん》、下卦は坤《こん》。『剥《はく》』の卦じゃ!」

姫には無意味な混乱としか映らない盤上の形象を、赤箸翁が読み取ったらしい。

「陰の力が大いに成長して、わずかに残る陽の力を剥ぎ落とそうとしている。往くところ利あらず。

邪が正を滅ぼそうとしているが故に凶。これはいかんな！」

煙の龍が成長しきれずに崩折れていった時、志賀姫は自らの不運を悟った。だが改めて凶の卦の意味を告げられると衝撃を受けた。

「儂の式占でもこの卦はまだ出たことがない」

赤箸翁の声は深い森の奥から聞こえてくるようだ。

「ではわたしの願いはどうあっても叶えられることはないのでしょうか。わたしが進もうとする先には闇があるのみですか」

「……」

無言の時が過ぎる。姫には長すぎる時間と思われたのち、

「ひとつだけ方法がある」

静かに赤箸翁がいった。

18

晩夏の或る日、牛黒は暁明に呼び出されて、蝉時雨の中、洛北の草堂に出向いた。用向きは知らされていない。何事か、と思いながら草堂を訪れると主人の他に智泉の姿があった。

「これは若様、お久しうござる」

「うむ。牛黒も壮健そうだな。だが少し白いものが目立つようになったのう」

「は、歳月は人を待たず、でございますからな」

といいながら、相変わらず挙措には隙がない。

暁明が口を開いた。

「わざわざすまなんだな。じゃがな、若がどうしてもおぬしに頼みたいことがあると申されての。若の相談は儂の手に余るのじゃ」

智泉が牛黒に尋ねた。

「というのは他でもない。宮中内薬司、出雲宿禰広貞殿のことは知っているな」

「は、一通りは……」

「逢わせてほしいのだ」

「え、出雲殿にでございますか」

「そうだ。出雲殿はかつて我らが祖公から恩恵を蒙ったことがあると聞いている。だとすれば、できない相談ではあるまい」

出雲広貞といえば、去年、空海の容態が悪化した時、泰範の要請でそれを治した宮中の名医である。その名医が今は逼塞している京家と何の関わりがあるのだろうか。

じつは、二十数年前の氷上川継事件の際、出雲広貞も桓武天皇を呪詛したという嫌疑がかかりそうになったことがあった。だが、どういう風の吹き回しか、政治的には無力なこの男を時の参議藤原浜成が庇い立てした。義を立てたのか、権力闘争の道具になるとみたのか、いずれにしてもこのことに関心を払う者はほとんどいなかった。結果的に、この庇い立ては功を奏して出雲広貞には咎めがない代わり、藤原京家の浜成は失脚した。これは冤罪であった。広貞の件は、もともと浜成をおびき出す罠だったのかもしれない。それ以来、出雲広貞は浜成の一統に対し並々ならぬ恩義を感じているという。

「やろうと思えばできないことはありませんが、出雲殿に一体なに用ですか」

牛黒が訊いた。

「道教のことが訊きたい」

「道教？　あの黄老の教え、ですか」

「出雲殿は今でこそ表向きは宮中の医薬を司る職掌についておられるが、その裏、昔から錬丹法や長生術に通じた道士であったと暁明から聞いた」

「若がな、誰か道教に造詣の深い者を知らんかとしきりに訊くものだから、確か内薬司の出雲殿ならひそかに聞こえた道士だったはずだと申し上げたのじゃ。若は直ぐにでも逢わせろと、大層な意気込みなんじゃが、京家を離れた儂ではその力がない。そこでおぬしに登場してもらったわけじゃ」

と暁明が説明した。

「ですが、若はただ今仏門の身。仏法は天竺に発した釈迦の教え。仏教と道教は互いに相容れず、現に唐国ではしばしば仏徒と道士が天子の御前で論争を繰り広げると聞き及びます。仏門におられる若がどうしてまた黄老の教えなどを知ろうとなさるのですか」

「ほう、さすがに京家の参謀といわれるだけあってよく存じているな、牛黒よ。だが、これはわたしなりによく考えてのことだ。無用な詮議はなしに願いたい。逢わせてくれれば、それでよいのだ」

牛黒は快諾しなかった。しばらく黙考のあと、

「若の頼みとあらば聴かないわけには参りますまい。但しそれには牛黒の願いも聴き入れてくださるならば、ということにいたしましょう」

「何、このわたしに願いとな？」

「牛黒。若に対して非礼ではないか」

牛黒は暁明の非難を無視した。

「さよう、非礼は承知の上で敢えて申し上げます。我らがお仕えする京家は、今は亡き浜成様の無念を晴らし昔日の栄華を取り戻すことを至上の命として参りました。禁中の殿上に登り朝議を左右する重臣たる人材を育てることが第一の肝要。なれど、藤原他家の監視と牽制の厳しさの中では、それも容易ならざること。そこで一門の崇丸様と雲井丸様を出家させたのです。衆目から遠ざけるため、仏門を隠れ蓑にし、出自もいつわりました。それはしかるべき時に還俗して禁中における京家の復権をはかるためのものでした。

京家は今もなお藤原氏の中では寒門《かんもん》。出世頭の叔父上豊彦様さえ、正六位に留まったまま殿上に登っておりません。長者の継彦様はもはやこれ以上待てまいと申されて、仏門に託されたお二人方を還俗させようと決意を固めておられました。しかし、その矢先、ご承知のように雲井丸様が亡くなられたのです。もはや京家の望みは若様お一人。なにとぞ、長者様と我ら郎等の心中をお察しいただき、一

日も早く京家に復帰されることを願ってやみません。牛黒の願いというのはそのことでございます」

寄る年波には勝てぬとみえて、牛黒の目にはうっすらと涙が浮かぶ。

渓流ごしに吹き込む風が、水と苔の匂いを運んできた。智泉は一気にそれを吸い込んだ。

「……よかろう」

智泉の返事を聞いて暁明は自分の耳を疑った。よもや智泉が還俗して京家に復帰しようなどと自分の口からいうとは、思いもよらなかったのである。一方の牛黒は喜色を満面に浮かべた。

「では、ようやく――」

「いつまでもいい逃れをするわけにはいくまい。わたしとて自分の使命ぐらいわかっている」

淡々と語る智泉の横顔を見ながら、暁明はその真意を測りかねていた。暁明は、いまさら智泉を泥沼にも似たあの権力闘争の場に送り込むことには内心反対であった。それほど長く暁明自身も俗世間から遠ざかってしまっていたということであろう。

「若。そんなことを簡単にいってよろしいのですか」

「暁明！　おぬし、せっかくの若の決心に水を注すつもりか。おぬしとて京家の使命――」

「だまらっしゃい！　儂は京家よりも、ただただ若の身を案じて――」

「暁明、もうよい。おぬしの気持ちはよくわかっている」

智泉が逆に二人の口論をなだめた。

「牛黒、確かにわたしは京家に戻ろう。ただし半年ほど待ってくれ。道教の一件も半年あれば目鼻がつくだろう」

「若が確約されたとあれば、半年待つ間など何ほどのことがありましょう。よろしゅうございます」

「では出雲殿に渡りをつけてもらえるのだな」

「確かに」

思いがけない吉報を長者に伝えるため、牛黒ははやばやと草堂を去っていった。突然の心変わりについて智泉はそれ以上何もいわない。暁明は飽くまでも智泉の真意をその表情から読み取ろうとしたが、うまくいかなかった。


出雲広貞の居所は、右京を南北に流れる紙屋川のほとり、六角通に面する場所にあった。柿葺の閑寂な建物である。

智泉がここを訪れたのは、七月も下旬に入った頃であった。牛黒が早速訪問の手筈を整えてくれたのである。案内を請うと、質素な服装《なり》ながら汚点《しみ》ひとつない巫女服の娘が出てきた。来意を告げるとすぐなかに通された。

「大きうなられましたなあ」

智泉を見た広貞が開口一番にそういった。

「わたしのことをご存じでしたか」

「御祖父公には少壮の折、いかいお世話になり申した。あなた様がものごころつく前であったか、この両腕であやし申したこともござる。元気に泣かれた上、こういっては失礼ながら小水を漏らされて困り果てたことも一度ならずござった」

気むずかしい偏屈者という世評を裏切るような広貞のおおらかさに、智泉は面食らった。眉間に刻まれた皺、貼り付けたような白く太い眉、高く浮き出た頬骨は、どれをとっても現し世に対する皮肉の念が凝り固まってできたかと思わせる。だがその皮肉は、京家には向けられていないということか。

「崇丸殿……いや今は智泉殿と申されたか、あなた様が亡き浜成様御一統の成長頭として嘱望されていることは、先刻承知してござる。京家に受けた御恩義は忘れもいたしませぬ。いつかそのお返しができる機会がくることを待っておりました。その京家の将来を担うお人とあらば、この出雲広貞、なんなりと助力を厭いません」

その言葉は広貞の本心からのものと思えた。

「じつはわたしの知りたいのは道教のことでございます」

ほう、と広貞は驚きの声を挙げた。牛黒は智泉が広貞に尋ねたい内容までは知らせていなかったのだ。

「この広貞がそのようなものについて知識があると、どうしてお思いになられ……、いや京家の人に対して隠しごとをしても無駄ですな。それにたった今、助力を厭わぬと申し上げたばかり」

一息ついて広貞が続けた。

「さよう、確かにわたくしめはかつて道士でありました。道教については人よりは存じておるつもりでござる。黄老の教えを知りたいとあらば、身どもの知る範囲でお教え申すこともできましょう。ですが何故に道教なぞに関心をもたれるのか、お聞かせ願いとうございます」

助力は惜しまぬといったものの、その方角が自らの秘事に向いているためか、広貞の出方は急に慎重になった。と同時に、意外な申し出を口に出す若者に興味を覚えもしたようだ。

智泉は自分の修学歴を語った。出家して大安寺における初学ののち比叡山の最澄のもとで修行していたこと、最澄が空海と交渉をもつようになってからはときどき使い走りの役を果たしたこと、高雄山寺にて曼荼羅を前にした灌頂の法会が営まれたとき最澄の一門としてこれを受けたこと、そのあと最澄の命により高雄山に逗留して密教を空海より受学したこと、最澄門の学僧が叡山に戻り始めた中で居残りを続けていること、を語った。

「最澄法師のもとにいましたとき、——といっても、わたしはいまだに最澄門の一人でいるつもりですが——み仏の偉大な教えを経典の言葉で理解することを学びました。平易な記述の裏に深い意味が込められていることを。真実は言葉によって表され、深い思索と瞑想によって到達できるものだと思っておりました。

ところが空海阿闍梨のもとに参ってから、み仏の教えには言葉だけではいい表せず、また言葉を介しては到達できない深遠な領域があることを知りました。一見、意味のわからぬ発音の羅列や、摩訶不思議な曼荼羅の図形、迂遠そうに見える行法のかずかず。それらがじつは、真実への道に張り巡らされた網の目のようなものであることに気づいたのは、ごく最近になってからです。

すると今度は、逆にそれまで無意味なものとして退けてきた事柄にも、じつは大事な真実が隠されているかもしれない、と疑い始めたのです。わが国の神祇の禊や呪術などにも考えを馳せました」

遠い地平を見るような目で智泉は語り続けた。

「そんな折です、『三教指帰』を繙《ひもと》いたのは。これは若い頃の空海阿闍梨が、儒教、道教、仏教の三つの教えを較べた物語風の書物です。阿闍梨の思索歴とでもいうべきでしょうか、とにかくその学殖の深さと広さには驚くばかりです。

当然、仏教が最も優れていることを説いているのですが、わたしはその中で道教のことが特に気になりました。と申しますのは、仏教が道教に優ると述べられてはいるものの、道教の様々な術法とその効果については否定されないどころか、ほとんど触れられていないのです。術法を重んじることでは阿闍梨の説く密教に近い点もありますし、密教と同じく道教も秘伝によって人から人へ伝えられると聞いております。そこには参入を許された者のみが窺い知ることのできる大いなる真実が隠されているかもしれません。空海阿闍梨といえども、そこまで道教の秘奥に足を踏み入れたかどうか……。秘奥なるものがある以上、わたしはそれを知りたい。隠された真の教えを開く鍵を是非手にいれたいのです」

ここ一、二ヶ月の間、智泉の内であるものが急速に形をとり始めていた。それは法の王、宗教の王者たらんとする野望であった。牛黒にはあのように答えたものの、京家に戻るつもりはなかった。出雲広貞に逢うための方便に過ぎない。いまさら還俗して朝廷に参じたとしても何ほどのことができようか。それよりも、これまで蓄積してきたものを土台に、さらなる飛躍を試みた方が未来は開ける。めざすは法の王——真実の主宰者。そうなるためには、あらゆる隠された真実を探り、それに通暁しておく必要がある、と智泉は考えた。現在の師、空海といえども全智全能ではない。師の説を無条件で受け入れるつもりは智泉にはなかった。道教は仏教徒が見過ごしている真実の宝蔵かもしれないではないか。

しかし、その目論見は口には出さない。

瞑目して聴いていた広貞は、智泉が一気に語り終えるのを待って、目を開けた。

「空海殿には儂も会ったことがござる。おそるべき気力の持ち主とお見受けしました」

「昨年のことでございましょう。広貞殿が空海阿闍梨の病を癒したことは周く知れ渡っております」

「さよう。じゃが儂はそう大層な秘術を施したわけでもござらぬ。ただ密教とやら申す空海殿の新教は、病に対する医術まで含むものではないことをそのとき知り申した。医術はむしろ道教の得意とするところ。まだまだ道教も捨てたものではない、と我ながら自信をもったものです。医術の点をもってみても、智泉殿のおっしゃるとおり、空海殿は全智全能ではござらぬ」

——なるほど。やはり阿闍梨の未知の領域、阿闍梨を凌駕できる領域は残されているに違いないのだ。

智泉は確信を深めた。

「儂も長年、長生《ちょうせい》の道を尋ねて参ったが、残念ながら少しばかり老い申した。もし儂が道教の長生や登仙の道を達成できなかった場合、これまで蓄積してきた知識と処方箋が断絶せざるを得ない。それを恐れておりましたが、智泉殿のような若い人材が学道を志願されるというのは、儂にとって僥倖以外のなにものでもござらん。喜んで伝授申し上げましょう」

智泉の野望は、広貞の思惑に合致したようである。広貞は、思いがけない後継者の出現を喜び、智泉は師を凌駕する手段を入手したことを喜んだ。

「ところで、ひとつお伺いしたいことがございます」

と智泉が訊いた。

「広貞殿は、道士であることをひた隠しにしておられますが、何故でございますか」

その時智泉は広貞から射すくめるような視線を浴びせられた。触れてはならない禁忌に触れたためかと思い、智泉は「しまった」と心の中で叫んだ。いま広貞の機嫌を損じれば、智泉の目論見も頓坐してしまう。だが、

「貴方ならば申し上げてもよかろう」

広貞がそういうのを聞いて智泉は胸をなで下ろした。先ほどの広貞の鋭い視線は恫喝ではなく智泉の器量の値踏みであったとみえる。

智泉は確実に入門を果たしたのである。

19

「道教の枢要は、不老不死の身を得て現世を超越し、神仙となることにある。そのため、不死身を獲得するまでの未熟な時期にふりかかる様々な危難を避けたり撃退する術法が道教には豊富にあります。ところが、この術法は往々にして悪用されやすい。実際に悪用されなくとも、悪用の疑惑を招くのです。それは簡単に呪詛の疑いと結び付く。

これまでいかに多くの政変が呪詛の虚実を発端にして起こり、また多くの無辜の人々が呪詛の嫌疑の下に断罪されてきたか、申すまでもないでしょう。儂はそうした疑いを二度と蒙るような真似はしたくない。道士であることを隠すわけはおわかりでござろう」

白い眉を上下させながら広貞がいった。

「二度と……とおっしゃいますと？」

と智泉が訊く。

「儂は昔、典薬寮《てんやくりょう》の呪禁博士《じゅごんのはかせ》であったことがある。呪禁というのは、猛獣毒虫や盗賊兵戈の害を防ぐ方術でしてな、杖刀を手に持って呪文を唱え作法にしたがって気の流れを制御すれば、これらの病災を避けることができるというものじゃ。

これは何のことはない、他ならぬ道教の術法でござる。北斗や日月の字を書いた物を所持したり、赤霊符、六陰神将符、南極鑠金符《しゃくきんふ》を体に帯びて兵戈を避ける法や、禹歩《うほ》という特殊な歩行法を用いながら山中の虎狼毒虫を破る法など、道教の書物にはその類の秘法が数多く記されてござる。

儂はそうした技術を呪禁生《じゅごんせい》たちに教授する立場にあったのじゃが、二十数年前に例の事件に巻き込まれたのでござる」

例の事件とは、時の桓武天皇が、謀反の科で天武の血を引く氷上川継一派を宮廷から一掃した事件を指す。この時も天皇を呪詛した疑いで三方王、弓削女王、山上船主らが官の厳しい詮議にあった。

「呪禁は簡単に呪詛の武器になり申す。桓武帝呪詛の疑いが呪禁生の一人にかけられた時は、儂もさすがに観念した。監督者としての責任はもとより共謀容疑に断罪されてもおかしくはなかった。それを救ってくだされたのが御祖父公浜成殿でござる」

当時の参議藤原浜成が、旧交のあった出雲広貞を弁護した理由は単なる人情からではあるまい。浜成もまた政敵から呪詛を受けてもおかしくない立場にあった。呪詛を破るには呪詛をもってしなければならない。この際、呪禁の専門家との絆をより強固なものにしておきたいという打算が働いたのも事実だろう。ともあれ、浜成の弁護によって広貞は助かった。しかし逆に浜成はその後の詮議において罪を着せられ、失脚する羽目になった。これは式家出身の百川らの策謀による冤罪だった。だが、広貞からみると、結果的に浜成が自分の代わりに連座したようなものである。これ以来、広貞は京家に負目を持つこととなったのである。

「呪禁博士はその後廃止され申した。政争の道具になる危険が大きすぎたためでござろう。使いようによってはどれほど有用かもしれぬというのに……人が人を信じられぬというのは愚かなことでござる。おかげで玉も瓦石同然になり申す。もっとも権力に不信はつきものであろうがのう……」

広貞は次第に述懐調になってきた。

「その後、儂は医師《くすし》を経て内薬司《ないやくし》に転属し申した。なあに、道教の内では呪禁も医術も修行すべき一部門でござる。転属に伴う苦労などありはせなんだ。じゃが、それにしてもここまで無事でこれたのは幸運としかいいようがない」

桓武、平城、嵯峨帝と続くこの二十数年は、大小様々な政争や内訌が絶えず、無念の死を遂げた魂が怨霊となって都に跳梁し、権力者を脅かした。その波間をくぐって、今や内薬司正という医方の重職に就いている広貞である。道教に説く兵害病災撃破の術法を行うことにも余念がなかったであろうが、やはり運の良さを感ぜずにはおれない。だが強運もまた天賦の才である。

「ですが、広貞殿は呪禁博士になる以前に道教の修行をされていたのでございましょう。それはどのような師のもとでなされたのですか。私はこれまで道教の師資相承がわが国にあるなどという話は聞いたことがございませんが——」

と智泉が訊くと、

「もっともな疑いでござる。確かに道教の伝承は一般に知られることがないが、間違いなくあり申す。なぜ一般に知られないかというと、神仙の境地に達した道士が密かにその器となるべき人物を捜し出し、秘密裡に教授するためでもあり、また先ほども申しましたように道教の術法を悪用しようとする無頼の輩との要らざる交渉を断つためでもある」

広貞は続けて智泉に訊いた。

「智泉殿は『両槻宮《ふたつきのみや》』という名を聞いたことがおありか？」

「斉明天皇が田身嶺《たむのたけ》に造ったとかいう天宮《あまつみや》のことですか」

「さよう。あれは巷間に伝えられる通り、じつは道教の寺つまり道観でしてな。わが国では、道教が初めて公に認められる端緒となるはずの建物じゃった」

その時突然、智泉の脳裏に志賀姫の顔が浮かんだ。志賀姫が夢にみたという建物をめぐって、それは道観らしいこと、日本でも両槻宮という道観があったらしいことを、志賀姫にかつて教えたことを智泉は思い出した。胸をかき立てられるような痛みを覚えて、急に喉が乾いた。わずか一年前のことであるが、多くの時が過ぎたような気がする。

生唾を飲み込んで智泉は訊いた。

「されど、あれは『狂心《たぶれごころ》の渠《みぞ》』とかいわれ、建造にかり出された民草の疲弊と相次ぐ逃亡のせいで完成しなかったのではないのですか」

「いや、狂心の渠というのは、両槻宮の東に造ろうとした石丘《いしおか》にちなむものでな、その材料の石を香具山からはるばると運ぶために造った渠をいうのじゃ。この石丘はじつは東海にある仙境といわれる蓬萊山になぞらえたものであった。両槻宮を、神仙が四方から集う崑崙《こんろん》山に見立てたのじゃな。確かに石丘の方は途中で放棄された。じゃが両槻宮はひとまず完成した」

「そうでしたか……するとそこに何人かの道士がいたことになる」

「さよう。そのとき斉明女帝の方針で盛大に供養され、道教の祭祀が営まれておったと聞く。ところが程なくして女帝が崩御され、新しく天智帝が即位すると、女帝ほどの興味はなかったらしく、後見を失って次第に衰えていったのです。

さらに天智帝没後の戦さ、壬申の乱の時、両槻宮も戦場の一つとなってすっかり荒廃してしまったようでござる。じゃがその後天武帝は晩年、道教に心を惹かれたとみえて、両槻宮の再興を企てたのじゃ。そのため再び道士たちが集まり始め、昔日の栄華を取り戻すかに思われた。ところが困ったことに今度は別な問題が起きましてのう」

「別な問題……？」

「ふむ。簡単にいえば内紛じゃな。従来、両槻宮の道士たちは呉の国の帰化人やその子孫であって、その信奉する教えは葛玄や葛洪を祖とあおぐ洞玄霊宝派《とうげんれいほうは》の流れを汲んでおりましたのじゃ。ところが天武帝の晩年の頃、この両槻宮に別な一派が入り込みましてな。従来の勢力を排除しようとしたのでござる」

「別な一派とはどのような……」

「これは上清茅山派《じょうせいぼうざんは》と呼ばれておった。同じ呉の国に生まれた一派でしてな、霊宝派とは考え方が違うのでござる。とはいっても、本家の漢土ではこの二派はそれほどはっきりと敵対するような勢力関係にはなかったやに聞いておる。わが国ではどうしたわけか両槻宮での主導権争いを発端に、憎み合うほどの敵対関係に陥ってしまったのでござる」

「……やはり権力争いがあったのですか」

「世俗から超然とすべき道士が、世俗そのものともいえる権力抗争を繰り広げるなど、なげかわしいの一語に尽きますな。それはともかく、紆余曲折を経て文武帝の頃には再び旧来の霊宝派が主導権を握って、建物の修復の勅許をもらうところまでこぎつけたのじゃ」

事実、大宝二年（七〇二）三月のこと、文武天皇は両槻宮を修繕させている。

「これでしばらく安定した時期が続き申したが、旧派に押さえられていた茅山派系の新派もおとなしくはしていなかった。元明帝の時代、旧派を失脚させようとしてこともあろうに天皇呪詛の讒言を流したのでござる。これが時の右大臣藤原不比等の耳に入った。結果はひとたまりもなかった。旧派の道士はおろか、新派もふくめてすべての道士が両槻宮を追われ、容疑者は断罪され申した。天宮も取り壊されたのでござる」

「不比等殿が……ですか」

不比等は藤原四家の共通の祖である。その血筋を引くものとして、智泉は気がひけた。

「さよう」

広貞は吐き捨てるようにいい放つ。

「じゃが、これは自業自得というもの。茅山派は権力を奪い取るために、自ら墓穴を掘ったのでござる。それもすべての道士を巻きぞえにして――」

憤懣やるかたなし、とばかり白い眉が震えている。

「もう過ぎた昔のことをとやかくいっても始まらぬ。その事件の後、道士たちは四散し、表には現れぬようになりました。自ら犯した愚を繰り返さぬよう、疑わしい立場に立つことを拒み、道士の正体をかくして潜伏するようになったのでござる」

「すると広貞殿もその両槻宮にいた道士の流れを引く……？」

広貞がうなずく。

「儂の師は紫霊道人と名乗った人物でしてな、洞玄霊宝派の正統に属する道士じゃった。俗名は最後までわからなんだが、天智朝の時の遣唐使に血の連なる人ということじゃった」

智泉の耳に、またもや志賀姫の鈴のような涼しい声がよみがえった。夢の道観について、両槻宮のことを例え話に出したとき、そこにいたはずの人々やその子孫の行方が話題になったのを思い出したのだ。その人たちはどこに行ってしまったのでしょうねえ――と姫はゆかしげに語ったものだ。いまその一人が目の前にいる。出雲広貞こそ、まごうかたなき両槻宮の道士の末裔であった。

「そんなこととはまったく知りませんでした。すると両槻宮の崩壊の原因は新旧両派の内部訌争ということになりますが、両派はどのように違っていたのですか。さきほど、考え方に違いがある、と申されましたが」

と智泉が尋ねると、

「ふむ。霊宝派というのは金丹道《きんたんどう》を至上のものと考えるのじゃ。心、身体、気、薬石、器物など、すべての作用によって自己を鍛錬し、神仙の身を獲得する。そのための最高の術法が金丹道でござる。修行による金丹の錬成とその服用こそ、長生と登仙への道と信じるのがわが霊宝派なのです。もちろん、助業として導引術や房中術なども併せ用いるのじゃが、最後は金丹。これしかない。

それに対して茅山派は、金丹道をないがしろにして、怪しげな思索にふけったり経典《けいてん》を口に出して読誦することを重んじたりしておる。あれではまるで仏教と同じじゃ。いくら読経したところで神仙になれるわけがない。生身の身体は、金丹によって黄金に等しい堅固身《けんこしん》に変わる、そうでなければ不老不死にはなり申さぬ」

と、語気荒く広貞が答えた。

智泉にはわかりにくい内容だったが、茅山派に対しては並々ならぬ敵愾心を広貞が持っていることは理解できた。道教流布の命脈を断ち切ったのは茅山派である、という懐いが根底にあるのだろう。

「……そう、神仙の集う崑崙山に遊飛すること。それがわが夢じゃった」

広貞は語り続ける。

「山上には一門が四里の広さをもつ四百四十の門。内には五城十二楼。楼内には巍々《ぎぎ》たる華蓋《けがい》、金楼の穹窿《きゅうりゅう》を見る。玄芝《げんし》は懸崖を覆い、朱草蒙瓏《もうろう》、白玉嵯峨《さが》たり。楼の下には青龍、白虎、辟邪、天鹿、焦羊《しょうよう》、銅頭《どうとう》、鉄額《てつがく》、長牙《ちょうが》、鑿歯《さくし》等の神獣が百余里の身体を横たえる。五河は山陽より出でて、弱水がこれをめぐり、鴻毛《こうもう》も浮かばず、飛鳥も通り過ぎない。ただ仙人のみこれを越えることができる。

城中の玉闕《ぎょくけつ》を守るは無頭子、倒景君、翕鹿公《きゅうろく》、中黄先生、六門大夫の神人たち。道術の奥秘を記した九転丹《きゅうてんたん》、金液経《きんえききょう》、守一訣《しゅいちけつ》の仙経が玉闕中の玉函《ぎょくかん》に納められ、金札をもって刻し、紫泥をもって封じ、中章をもって印されているという。玉闕に入れるものは、太上老君の竹使符《ちくしふ》と左右契《さゆうけい》を帯びているもののみ。

ああ、儂はどれほど崑崙山に憧憬《あこが》れ、その玉函とやらを開封したかったことか！……」

白眉の覆う眼窩の奥に、一瞬白い光が宿った。それは老木に咲く一輪の花を思わせた。

「いや、これは儂としたことが不覚にも興奮してしまった。老いの繰言とはこのことでござるな。気に止めてくださるな」

と目をしばたたかせながら広貞がいった。

だが、智泉は衝撃を受けていた。一つには、智泉の素養をもってしても広貞の話の内容は未知のことばかりであったためである。もう一つには、内薬司正という当代医方の最高権威たる人物が、なお青春と見違えるほどの情熱を傾けるに価する価値を道教がもっていることを見せつけられたためであった。

広大で深遠な森にぶつかった旅人のような畏怖を智泉は感じていた。自分に踏破できるだろうか？

——いや、踏破してみせる。

法の王たらんとする智泉の野望は、畏怖心すら糧にしかねないほど強い。

「すでに医術の最高峰を究められた広貞殿が、なおも道教の奥旨を探究される謙虚な姿勢に驚かされました。その高邁なお人柄からしても、広貞殿こそ当代随一の道士であるという確信をもちました。広貞殿のような方にめぐりあえたこと、果報に存じます」

智泉は態度を改めて弟子の礼をとった。ところが、意外にも広貞からは、否という返事が返ってきた。

「残念ながら儂は当代随一の道士ではない」

恬淡とした口調で広貞がいう。

「儂を超える道士が一人いる」

「……」

「しかも茅山派のおそるべき道士が」

智泉は唖然とした。

「では、茅山派も生き延びていたのですか」

「そういうことじゃ」

「して、その道士の名前は？」

広貞が静かに答えた。

「赤箸翁《しゃくちょおう》――」

智泉にとって初めて聞く名前だった。

20

ついさっきまで、頭上には悪戯好きな仙人が引っかいたあとのような筋雲が空の在処《ありか》を示しているだけだったのに、たちまち小雨模様となった。縦に裂けた通草《あけび》の内皮が、雨水に洗われて一層白さを増している。八月も半ばになると芒の穂がなびき、高雄の山は森閑としていた。

「通り雨か」

空海が呟いた。

「智泉はしばらく長谷《はせ》の山に籠るそうだな」

「は、離山してからもう十日程になりましょうか」

泰範がそう答えた。現在著述中の草稿を見せたい、と呼び出されて空海の自房に出向いてきたのである。

「暇乞《いとまごい》の挨拶にきたとき、道教のことを少し勉学してみたいとかいっておった」

という空海の声の調子には、珍しいものに出会った感慨が込められていた。

「阿闍梨が書かれた『三教指帰』を読んでだいぶ道教のことに興味を引かれていたようです」

「ふむ……」

「せっかく密教修行に脂が乗ってきたところでしたのに、残念なことではあります。すぐれた才器の持ち主であるだけに、このまま邁進すれば大輪の花を咲かせましょうものを」

泰範は本心から残念に思っているわけではなかった。泰範ももとはといえば南都の護命の門下で法相を、最澄門で法華を学んだのち空海門に移った経歴をもつ。だから学問的宗教的な遍歴にこだわりはない。求道の方角はそれぞれの人によって異なっている。自ら信じる道を歩めばそれでよいと思っている方である。智泉の思想遍歴は、かつての泰範よりふれが大きいものの、決して危険や邪悪な要因はないと泰範は踏んでいた。残念である、といったのは師空海への気遣いである。

だが泰範の気遣いは杞憂であった。

「儂の書いたことを自分で確かめようというのであれば、それもよかろう。何も密教を捨てたわけでもあるまい。迂遠な道程《みちのり》と思われるものが、じつは堅い果実をもたらすこともある。必ず智泉は戻ってこよう」

空海は確信があるかのようだった。

泰範はその最後のことばを聞いたとき、何故かふと、智泉はこのまま戻ってこないのではないかという疑念にとらわれた。

「それよりも叡山の方こそ、しきりに智泉の帰山を促しているという話ではなかったかな」

「そのようです。最澄殿の使者も時々参っているようでした。長谷の山に籠りたいという話を智泉殿から聞かされた時、わたしも気になって、叡山のことはどうするおつもりか、と尋ねました。すると

——」

すると智泉はこの時、次のように答えた。

——確かに帰山を促されてはおりますが、今すぐに戻るつもりはないのです。もともと高雄に留まったのはわが師最澄法師の命によるもので、叡山の教学に欠けている密教を学ぶというのがその目的でした。しかし未だ道半ばにして学ぶべき事柄はあまりにも多すぎます。これでは密教を身につけたことにはなりません。早く帰山した朋輩たちも密教については未熟なままのはず。単に空海阿闍梨より形の上での灌頂を受けただけです。今叡山に帰ってしまっては密教を修得するせっかくの機会を無駄にしてしまいます。叡山は、半可通でもいいからひとまず密教修学を中断して帰れといってきているのですが、逆にわたしはそうした考え方がわからない。わたしには、最澄法師の気持ちが理解できないのです。

「また智泉殿はこうも申しておりました。自分が叡山に帰らないことで、高雄が叡山から誤解されるような事態になっていないとも限らない。そうなってしまっては叡山と高雄の双方に迷惑をかけることになる。それははなはだ不本意なことで、高雄が誤解されないためにも、自分が一時高雄を離れるのはいいことのように思うのです、と」

「それほどまでに帰山の要請はきついものであったかのう」

「表には出さずとも、ひそかに悩んでいるようではありました。あるいはわたしという先例があるので、これ以上の離山者を出さないよう最澄法師は強くこだわっているのかもしれません。だとするとわたしのふるまいが問題を大きくしてしまっていることになります」

外は霧雨に変わっている。雨の幕を透かして、紅葉の装いを整えた錦雲峡《きんうんきょう》が幽邃な姿を現した。

「儂には大した問題には思えぬが……。そうした誤解はいずれ時がたって真相が判明すれば氷解しよう。それよりも半可通の知識で密教を理解したと思われることの方がよほど恐ろしい。経典の文字だけでは密教の奥旨は伝わらぬと、最澄殿には再三申し上げているのだがなあ……」

最澄はこの時期、自己の教団の基礎を固めるのに忙殺されていた。空海に申し出て許可が下りた密教修行も延び延びになっている。が、最澄は最澄なりに意欲的に密教を摂り入れようとしていた。ただ充分な時間のない最澄にしてみれば、経典を借りて閲覧するのがせいいっぱいであったのである。しかし、密教理解に対する両者の考え方のずれは最後まで正されることはなかった。数年後、結局最澄と空海は決裂する。

「道教か。なつかしいな」

「は?」

空海の関心は急に智泉を通して過去に戻ったようである。

「だがしょせんは世迷い言としか儂には思えなかった。この世あの世も含めて、つきつめれば一切は空のまた空じゃ。道教はそこまで見透せておらん」

「……」

「そう気づくまで時間はかかったがのう」

空海は、甥の智泉の行動にかつての自分の姿を見ているのかもしれなかった。

夜に入るとすっかり雨も止み、十六夜月が雲間より澄んだ光の滴を都の空に降り撒いた。昨夜の観月の宴の興奮さめやらぬ輩が、またも名残の酒杯をあちこちの館で酌み交わしている。龍頭鷁首の船を池に浮かべる術《すべ》を持たない民草も、くせのある醪《もろみ》の酒をあおりながら往来に出てクダを巻き合っている。

やがて宮城の瑠璃瓦の照り返しがくすんだ銀色に沈むようになると、都大路もさすがに人影は疎らになり、帰路につく酔客の千鳥足が時折徒党をなして通り過ぎるぐらいとなる。すると今度は同じ徒党でも、ぎらつく眼を持った賊の一団が出没し、知らせを受けて駆けつけた衛門府の一行と剣戟を合わせて、寝入り端の都人を驚かせていた。だが騒ぎもそのうち夜の静寂《しじま》に吸い込まれ、往来は人影が絶えた。

そして人々がすでに寝静まった子の刻を過ぎた頃。

ササッ

ス――ッ

ザッ

ササ

…………

長く伸びた館の蔭に隠れるようにして、その人影はゆっくりと動いていた。白装束で全身を覆い、髪を束ねた姿は巫女のようでもある。

不思議な動きであった。右片足で立ち、左足は「く」の字に曲げて右足に交差させ、右腕をこれまた「く」の字に曲げて掌を天に向けている。その姿勢で長く一呼吸したかと思うと、今度は左足と両腕を同時に前に差し出し、一歩踏み込んで前と逆の格好をする。

前に踏み出す歩数が六歩に達すると、体を返して元の方向に戻っている。その繰り返しであった。踏み出す方向は斜め前であったり横であったり、一定しない。いや、そうではなかった。足の下にちょうど七個の点からなる見えない図形があり、女は奇妙な動作をしながらその点の上を行ったり来たりしているのであった。七個の点は、十六夜月の光芒をうけてもなお北天に姿をとどめる北斗七星を地上に写したものだった。

女の顔が月明りに浮かび上がる。志賀姫だった。

姫は道教にいう「履斗《りと》の法」を行っている最中だった。地上に北斗の図形を描き、その上で禹歩《うほ》と呼ばれる独特の歩行法と、行気《ぎょうき》と呼ばれる呼吸法を組み合わせながら、舞うように足を踏む。北斗の神霊の強い力を体内に吸入し蓄える行《ぎょう》であった。むろん赤箸翁の指示によるものである。

志賀姫が智泉への恋の行方にさんざん思い悩み、すがるような気持ちで東の市に赤箸翁を探しだし、式占で占ってもらった結果は、無惨にも八方塞がりの凶卦であった。しかし、赤箸翁は、たった一つだけその凶卦を打ち破る方法がある、といった。

――だが、それにはそれ相応の覚悟がいる。

そう赤箸翁にほのめかされても、志賀姫は臆せず訊いた。

――それはどのような覚悟でございましょうか。おっしゃってくださいまし。

赤箸翁がいった。

――そなたの望みを遂げるには、もはや『双鳥の尸解』を用いる以外に手立てはない。

――ソウチョウノシカイ？

――さよう。凶卦を破るには凶卦に呪縛された俗体と俗運を捨てる必要がある。そなたの形骸つまり肉を捨てることじゃな。修行を重ね徳を積んだ聖人ならば形骸を捨てずに俗運を断ち虚空に昇ることができる。これが天仙といわれる仙人の位じゃ。しかし聖人ならずして形骸を離れるにはひとたび死して魂の自由を獲得するしか方法がない。これを尸解というのじゃ。死屍から魂を解き放つのじゃな。尸解といえども仙人の技。軽々しくできるようなものではない。じゃが、そなたの望みを遂げるには単なる尸解ごときでは叶わぬ。相手も一緒に尸解させる必要があるのじゃ。そんな夢物語めいたことができるかというのじゃな。それを可能にする秘術こそ『双鳥の尸解』じゃ。二羽の鵲が互いの尾を追って果てしなく飛び巡るごとく、一人の尸解がもう一人の尸解を誘導するのじゃ。

……カサザギ！

姫は心の内に叫んだ。冥合の不可思議さをここでも感じていた。

――儂の道術はな、この『双鳥の尸解』を遠方から扶け導くことができる。秘術中の秘術じゃな。そうして尸解を同時に遂げた魂は、互いの強い霊縁に結び付けられ、未来永劫離れることがない。比翼の鳥、連理の枝とはよくいうが、この二つの魂は一つに合体して、あまたの神仙が遊ぶ永遠の楽土崑崙山に昇るのじゃ。

高邁な、しかもおそるべき計画であった。一介の男女の魂を、二つながら現世の肉体の桎梏つまり魄《はく》から解放し、常世の契りを可能にするというのである。

……現《うつ》し世の契りは確かに頼りなく、はかないもの。たとえそのときはこの世の果てまでも離れずにおろう、などと申されても、やがて容色衰えれば気が移って雀の涙ほどの情けも残らぬが世のならい。ましてやわたしには、智泉様との現し世の契りさえも凶運によって阻まれている。だが赤箸翁様はいま、現し世を離れて常世《とこよ》の契りができるといった。智泉様と一緒に永遠の楽土にゆけるといった。ほんとうにそんなことができるのかしら……でもこのまま生きながらえても智泉様と添い遂げられないのなら、これ以上生き恥をさらしていてもしょうがない。やはり赤箸翁様にすがるしかないのかも……

志賀姫は懊悩した。

――ですが、わたしごときにその尸解ができるものでしょうか。お察しいたしますに尸解もまた仙人の術とありますれば、容易な修行では叶わざること。ましてや、もう一人の男君をともに尸解させるなどとは、とうてい叶わぬように思うのですが……

――尸解には『白丹《はくたん》』なる霊薬を用いる。その霊薬は儂が練り上げよう。そなたはその間、北斗の神霊を体内に受ける術法を修め、尸解のための心身の調整に努めてもらおう。そして天地の機に叶う時を選んで、ともに白丹を飲めばそれでよい。儂が伝え授かった『双鳥の尸解』の秘術は、尸解せんとするものが非力であっても、わが強大な霊力に連携させて見事に誘導しうるのじゃ。

赤箸翁の瞳がぎらついた。

尸解といえば、曲がりなりにも一度は死ぬことである。志賀姫はやはり恐れた。こわかった。目の前に死の虚無が果てしなく広がった。

虚無の深淵に全身が引きずり込まれそうになったとき、それを見透かしたように、

――虚無は迷妄じゃ！

赤箸翁が叱咤した。

そしてなおも疑う志賀姫に向かって、死が虚無でない証拠は他ならぬこの儂じゃ、といった。

赤箸翁は、自分がかつて中国東晋の孝武帝時代に許旌陽《きょせいよう》と名乗って生きていたこと、その時の戦乱のため世を捨て一家四十二人を屋敷ごと引き抜いて昇天したこと、さらに近くは唐の時代、羅公遠《らこうえん》として転生し、ほかならぬ玄宗皇帝に隠形《おんぎょう》の術を教えたが、玄宗の才量不足でできないのを羅公遠のせいにされ、身が危うくなったため再び世を捨て、この国に渡ってきたことを語った。

――信ずるも、信ぜぬもそなた次第じゃがのう。

赤箸翁は突き放すようにいうと姫に背を向けた。

志賀姫はどのようにしてあの八角形の部屋から市の外に出られたのか憶えていない。従者の鍵丸に訊いてみたが、姫と同じだった。気がつくと、手の中に小さく折り畳んだ紙片がある。広げると八角形をした紙で、大きく「斗」の文字が朱で記されていた。呪符ででもあるのだろうか。だが、それを見たとき、急に姫は赤箸翁の言葉にすがりつきたい懐いに駆られたのである。

いま、北斗は妖しい光を志賀姫の頭上に降り注いでいる。さきほどよりも姫の体の動きは早くなっている。踏み足で地面に形造られた北斗の姿も、天空での北斗七星の回転に合わせて向きが変わってきているようだ。

ササッ

スッ
ザッ
ササッ
……
いつ終わるとも知れない星の舞は、鬼女とみまごう鋭気を発散させていた。

21

「どうしてもそなた、ここに留まるつもりか」

「はい。養父《ちち》のいいつけでございますから」

と、女がにこやかにいう。青の裙《くん》をはき、白の襦《はだぎ》を着た清楚ないでたちである。桃果のような頬に黒々とした瞳があどけなさを残している。

「出雲殿にも困ったものだのう」

そういう声は智泉である。

女は壱奈《いな》といった。子のいない出雲広貞が、どこからか女児を引き取り、養女として育ててきたものである。広貞とは孫ほども年がはなれている。だが、秘かに保ち続けてきた道士の命脈を後世につなごうとする広貞の意図によるものだろう、道士の修行を手助けするための基本的な素養は、この初々しい乙女の中に念入りに畳み込まれ、それが年格好とは不釣合いな奥深い静けさを纏わせていた。

その壱奈が、いま智泉とともに泊瀬の山にいる。それは壱奈がいったように、広貞のいいつけに従ったまでのことであった。

――われらが道教の枢要は、金丹を練り上げること、つまり金丹道にしくものはござらぬ。導引、行気、房中などの諸法はそのための布石のようなものでござる。じゃが金丹を練ることはここではできぬ。必ず名山の中に入り、五十日あるいは百日の斎戒をし、その間五辛生魚を食らわず、一般の俗人とも逢うことなく、錬成しつづけねばならぬのですじゃ。

ひととおりの処方箋を儂から受けたのちは、すみやかに名山に籠るのがよろしかろう。じゃが手慣れぬこと故、いろいろ細かな点で困ることもおありかと思う。そこで、しばらくわが養女《むすめ》の壱奈を付け申そう。ふつつか者じゃが、道教の術法は心得てござる。何かと役に立つであろう。

広貞邸でそういわれた時、智泉は驚きながら壱奈の派遣を固辞したが、否も応もなかった。是非に、という広貞の思い詰めたような意気に気押されてしまったのである。

広貞はこうもいった。

――問題はその名山でござる。唐土ならば華山、泰山、霍山《かくざん》、恒山、嵩山《すうざん》の五嶽を始め古来より錬丹にふさわしい名山に事欠かない。じゃが、わが国にそうした伝統はない。

そこで儂が選んだのは泊瀬じゃ。泊瀬は景勝の地じゃが、特に長谷寺のある辺は、東と南に清流、西に泊瀬、巻向《まきむく》の二山を控えて地勢がよい。さらに、泊瀬は長谷ともいうが、これが唐土でひそかにいい伝えられている隠れた名山、「長谷」の名に合うのも縁起が良かろう。唐土の長谷山は「愚人みだりにゆけば皆死して帰るに至る」といわれるのみで、どこにあるかは知られぬ秘中の秘嶽という。わが長谷の地もその霊威にあやかることができるかもしれぬではないか……

来てみると確かに風光明眉な土地である。長谷寺付近は観音信仰の霊場として参詣者も多くにぎやかであるが、その東を流れる渓流に沿って上流に登ると、滝の多い幽絶な景観を見せている。清浄な道場を設けるにはふさわしいところだった。

智泉は出雲広貞の指示にしたがって、そのあたりにひっそりと立つ滝蔵寺《たきのくらでら》に入った。

この寺は当初もっと上流にあり、長谷寺の奥の院といった性格を持っていたが、いつの日かこの地に移されたという。上流にあった古えの頃には、長谷寺観音参りの結願の霊場として参詣者も多かったらしいが、長谷寺からあまりにも遠いため行き倒れになる善男善女がしばしば出た。そのためある時期に少し下ったところに移築したわけだが、そのとたん何故か逆にひとあしは途絶え、このとき廃寺同然となってしまっていた。それがかえって衆目の集まらぬ孤遠の霊場として広貞の目にとまったらしい。

智泉は案内役の壱奈と、広貞がつけてくれた荷物を運ぶ人足を伴ってここまでやってきた。到着後は全員とも送り返すつもりだった。しかし壱奈だけは頑固に帰ることを拒み、出雲広貞のいいつけと称して、居坐り続けているのだった。

実際、壱奈は役に立った。短時日で修得した道教に関する智泉の素養の不十分さを補ってくれたし、実践的な応用面の知識は智泉のそれより優っていることがやがて判明した。さらに壱奈は勘の鋭い女でもあった。

滝蔵寺に着いてから三日目の夜のことであっただろうか。こぢんまりとした二階建ての経蔵の一階に寝ていた智泉は、夜半すぎに耳鳴りともうなり声ともつかぬ音に悩まされて眠れぬ夜を明かした。

翌朝、狭い二階に寝ていた壱奈に訊くとそのようなことはないという。ところが同じことが次の夜も続いた。どこから聞こえて来るか方向も定まらぬ物の怪のような不気味さがあった。空耳とはとうてい思えなかったが、それでは寝所を換えてみましょうというので、翌晩は一階に壱奈、二階に智泉が寝ることにした。

「もしもし、智泉様」

真夜中、智泉は押し殺したような壱奈の声に起こされた。体がやっと通るばかりの階段の口から蝋燭に照り返された壱奈の顔が覗いている。

「どうした」

「確かにうなり声のようなものが聞こえます。本堂からのようです」

壱奈にも聞こえるとすれば気のせいではない。智泉が聞いたときには体の内か外かすらもはっきりしなかったが、なぜか壱奈は本堂からと、その方角がわかるらしい。

滝蔵寺の境内は本堂と経蔵と鐘楼しか堂舎がない。智泉は壱奈のいう本堂に行ってみることにした。階下に降りるとたちまちその低い耳鳴りが訪れた。経蔵を出て本堂の扉の前に来ると確かに耳鳴りが激しさを増すと同時に、なんともやるせない気分に襲われた。

そのものは白かった。本堂内の須弥壇に半分闇に溶け込みながら立っていた。いや、立っているというよりも浮かんでいたのかもしれない。人形《ひとがた》のようでもあり、形がないようでもある。とにかく見定められなかった。なぜなら智泉はそれを目の前にしたとたん、底知れぬ悲しみの激流と涙の発作に捉えられ、床に伏せたまま嗚咽せずにはいられなかったからである。

――これは何故だ！

耳鳴りと嗚咽の中で智泉はこの苦境から脱出しようともがいた。それはしかし、情意に仕掛けられた蟻地獄のようなものだった。心の中でもがけばもがくほど、より深く陥穽にはまっていった。もしその時、壱奈がいなかったならばどうなっていたかわからない。

「智泉様、『六甲の秘呪』を。早く！」

壱奈の叫び声はすぐ側にいるにもかかわらず遥か遠くからのようにかすかにしか聞き取れなかった。だがそれでも充分だった。

……臨《りん》……兵《びょう》……闘《とう》……者《しゃ》……皆《かい》……陣《じん》……列《れつ》……前《ぜん》……行《こう》……臨……兵……闘……者……皆……陣……

壱奈のいうとおり智泉は何度も六甲の秘祝を唱えた。嗚咽しながら必死に唱えた。どれぐらいそうしていたかわからない。が、意識が戻ってきたときには、耳鳴りもすでにやみ、白い影も須弥壇の上から消えていた。

翌日、智泉と壱奈は滝蔵寺の境内に邪霊を排除する結界を張りめぐらした。前夜、本堂で出会った怪を除くためであった。智泉はあのようなものに遭遇したのは初めてである。物の怪とも鬼神ともわかりかねるものだったが、壱奈は山霊だろうと確信をもっていった。かつて出雲広貞とともに多武峰あたりの山に入ったとき、似たような物の怪に出会ったという。その時は壱奈が山霊の虜になるところを、広貞が呪符で打ち破ったらしい。智泉は思い出すだけでも戦慄が走った。壱奈によれば、山霊は神霊、鬼霊のうちでも程度の低い霊で、人間じみた知恵や感情らしいものはほとんどもたないが、これに出会った時排除する術法を知らないと、その人の情意に深刻な影響を及ぼす。滝蔵寺がこの地に移建されてからまったく廃れてしまったのも、そのせいかもしれなかった。

智泉は壱奈の助言のもとで、錬丹に入る前段階として修得すべき道教の諸作法を集中的に実践し始めた。山霊はその日から現れなくなった。

長谷の地で山霊騒ぎが起きた頃、京の二条、藤原北家の館では、秦真足と鍵丸が密談を交わしていた。

「……そうすると、おぬしは姫御が赤箸翁とやらと何を話していたのかわからなかったと申すのじゃな」

「うん。姫様が幄舎の中に入ってから、おいらすぐ眠ってしまった。何しろ変な匂いがたちこめていたんだ」

「変な、とはどのような?」

「よくわからない。なんだか甘酸っぱい匂いだった。あの匂いを嗅いだらすっかり眠くなったんだ」

「ふむ……それで、その迷路のような場所からどうやって出てきたじゃ」

「それがよくわからない。でも簡単だった。八角の壁の一つに扉があって、そこを通り、天幕がある部屋を一つ越すと、もう市の路地だった。あんなに入るときに手間暇がかかったのにあっけなさすぎて騙されたような気がする。騙されついでに、いま出てきたばかりの開き戸をもう一度開けてみたんだけど、さっきの天幕などは見あたらず、その代わり厚化粧の女が薄ぐらい中で手招きをしているだけだった。気味が悪いのを我慢して、奥の戸を開けてみたら、一面雑草の生えた庭ばかり。ぼーっと立っていると女が近づいてきて、坊や寂しくはないかい、と袖を引くので慌てて外に出た。あんな不思議なことは初めてだ」

「……」

「嘘じゃない。現に姫様はその時からわけのわからぬ呪文を唱えたり、妙な振舞いをしたりするようになった。あれがただの幻だったら、姫様がそんなことをし出すはずない」

「ふつうなら夢幻といいたいところじゃが、赤箸翁のことは儂も聞いておる。一応信じておくしかあるまい。して、幄舎の中で姫御の身に何が起こったのか、じかに尋ねてみなかったのか」

「んー……姫様は――いずれお話しします。お前にも助けてもらわねばなりませんでしょうから、というだけだった」

「それだけのことで、どうしておぬしはこのことが智泉と関わりがあるとわかるのじゃ」

「市の門が閉じてからの道すがら、姫様はしきりに智泉の名を呟いていたんだ。それに、ソウチョウノシカイとかいう言葉をうわごとのように唱えていた」

「ソウチョウノシカイ？　はて面妖な」

「なんだ、真足様でもわからないのか。訊けば何でもわかると思ったのに」

「やかましい！　しかし、調べておく必要はありそうじゃ。……じゃが、確かにおぬしのいうとおり、智泉がからんでいることは間違いないな。その後、姫御と智泉との交渉はあったか」

「いいや。智泉が尋ねてくることもなければ、姫様から高雄に文遣いを頼まれるようなこともない」

「さもあろう。智泉はもう高雄には居らぬ」

「え、本当ですか……。では今どこに」

「泊瀬の山寺に居る」

「どうしてそんなことがわかるんですか」

「ふふ。儂の配下の働きは千の眼と千の耳に匹敵するのじゃ。いずれおぬしも泊瀬に出向くことになろうな。それはよいとして、赤箸翁が姫御に話した中味がわかったらすぐに知らせにくるのじゃぞ。よいか」

「うん」

「ではゆけ」

鍵丸が裏戸からでていった後、秦真足は庭の芒の群れを眺めながら呟いた。

「赤箸翁とやら、何を考えておるのか」


雨が降り始めた。鉛色の残暑を洗い流すような激しい驟雨だった。納屋のたよりない屋根にも、容赦なく強い雨足がたたきつけられた。

はちきれそうな乳房を鍵丸の手に預けながら花夜叉がいった。

「……そんな恐ろしいことに関わりあうのはやめな。鍵マロには似合わないよ」

「べつに恐ろしいわけじゃないわい」

「なにいってんだい。さっき、こわい、っていったばかりじゃないか」

花夜叉はそういって鍵丸の体をつきとばした。

秦真足に会ったあと、鍵丸はかならず花夜叉に逢いに行く。むしょうに女の体が欲《ほ》しくなるのだ。真足に課せられた使命は智泉の動向を報告することだけだと自分は思っていても、姫の行動をそっくり密告していることに変わりはない。鍵丸にとって、その負目を癒すには花夜叉を抱くこと以外に方法が思いつかなかった。

「仙人みたいなのに連れ回されて、なんだかわけがわからなかっただけだ」

「おおかた、こわくて目をつむっていただけじゃないのかい。え？」

「ば、ばかな！　この鍵マロ様がそんなことするわけがない……それにな、その仙窟みたいなところには色白のめっぽうきれいな仙女様もいたんだぜ」

「うそっ！」

「へへ。妬くんじゃない。花夜叉なんかおよびもつかない別嬪なんだ」

「……」

「それにあの仙女様のいい匂い！　まだこの辺に残っているんじゃないかな」

鍵丸は自分の袖のあたりを嗅ぎ回るふりをした。

「ふん、なんだい。もしほんとに仙女様だったとしたら、鍵マロになんかにゃ近づくもんかね。そりゃにせもんだよ」

「やかましい。たとえにせもんでも、別嬪にかわりはないんだ。こんどいったときには抱かせてくれるんじゃないかな」

花夜叉はカッとして鍵丸に掴みかかってゆく。鍵丸は逃げるふりをして花夜叉を抱きかかえた。だが、花夜叉はなおも喰ってかかった。

「じゃあ訊くけど、おまえのお姫様とその仙女とどっちがきれいだったんだよ」

「ウ……」

鍵丸は答えに詰まった。

「そ、そりゃあ姫様にきまってらあ」

「へえー、おまえのお姫様へののぼせあがりも相当なもんだねえ」

花夜叉のなじりに、鍵丸はふてくされたような顔をした。

「だけど叶わぬ望みもたいがいにおしよ」

そういわれると鍵丸は花夜叉に背を向け、猫のように体を丸めながらじっと空模様をみるばかりだった。

22

久しく拝眉を欠き、ご尊体のことがしきりに思い偲ばれます。秋も暮れに入り冷気も感じる頃合、いかがでありましょうや。

高雄を辞して泊瀬に参ってより、はやひと月になりなんとしております。その節は大阿闍梨にも泰範様にも充分なご挨拶をせぬまま、あわただしく離山してしまった非礼、御容赦くださいませ。ここ泊瀬はさすがに音に聞こえた名勝の地。幽泉はいたるところに滾滾《こんこん》と湧き出で、碧渓は水簾を誘って潺潺《せんせん》と流れ、蓬萊の仙寰《せんかん》もかくこそと思われるほどでございます。

退山の折、泰範様に申し上げました通り、泊瀬に参りましてから道教の枢要を究めるための修行を始めました。決してみ仏の教えを捨てた訳ではありません。大阿闍梨にも『三教指帰』を著す時に道教を研究されたごとく、某《それがし》も別の面からみ仏の教えを見直してみたいという試みのつもりでございます。

某の道教の師の名は故あって明かすことができませんが、それにしても道教もまた仏教と同じく深遠な世界をもっているようでございます。新しい世界の展望がひらける予感にうち震える、といってしまっては一人よがりの喜びばかりに浸ってしまうことになりますが、我ながら些か興奮の体であることは否めません。

しかし、かくいう某にも過去に犯した一つの過ち、一つの出来事が、消し難い心の傷となって遺されていることを告白しなければなりません。それは修行僧として恥ずべき破戒でした。某は禁断の快楽に溺れ、また煩悩の炎に身を委ねてしまったのです。某は激しく悩みました。苦悶に苦悶を重ねても煩悩から逃れることはできませんでした。ですが、ある時一つの幻覚が訪れ、一転して快楽に惑溺《わくでき》することへの恐怖に捉えられてしまいました。これを契機に煩悩の罠から脱することができたのです。その幻覚はあるいはみ仏の慈悲であったのかもしれません。しかし、某のせいで一人の女人の心に深い傷を与えてしまったことは事実です。その自責の念から逃れることは恐らくできないでしょう。その女人に対して某ができることは今はなにもありません。

このようなことを泰範様に申し上げても詮なきことは重々存じ上げているつもりですが、某としましては誰かにいっておかないといたたまれぬ気持ちでした。

お笑いください。今度泰範様を拝眉する折は、どのような顔をすればいいのか、恥じ入るばかりです。また、御照覧の後は拙文きっと御焼却くださいますよう切にお願い申し上げます。

どうか某の真意を察して冗言を許されますよう。不宜。

九月五日　沙門智泉

泰範大徳法前謹空

智泉からの文を読み終えた泰範は、それを切燈台の炎にかざした。灰となった文は野分けの風に散っていった。

——泊瀬か。

まさか智泉の告白の中に出てきた女人が姪の志賀姫のことだとは思いもよらない泰範にとって、告白の内容は別段大きな衝撃を与えるほどのものではなかった。青年僧の誰しもが経験する葛藤の一つぐらいにしか思わなかった。智泉の文が泰範を刺激したとすれば、それはむしろ泰範の心中に棲む放浪の虫に対してだったろう。

——儂も山を降りてみるか。

数日後、泰範は師の空海に山林修行を申し出て許可された。

泰範が選んだ行く先は室生寺である。この時、室生寺は興福寺出身の修円《しゅうえん》が住持となって伽藍整備に努めているはずであった。泰範とは南都の護命門下であった時から面識があった。

高雄山を降りると泰範は久々に志賀姫の館を訪ねてみようという気になった。

左京の館に寄るとしかし、姫は留守だった。長谷寺参りに出かけたという。

——長谷寺？　はて、観音参りか。だとすれば、二、三日は帰京するまい。長谷寺といえばまさしく智泉のいる泊瀬の寺だ。どうせ室生寺に行く途中にある。逢えるかどうかわからないが、寄ってみるか。

たわわに熟った柿の木の向こうには眼に痛いほどの白い雲が青天に貼り付いていた。

——山遠くしては雲行客《こうかく》の跡を埋む
松寒くしては風旅人《りょじん》の夢を破る、

………か。

23

智泉はいよいよ壱奈とともに錬丹の準備にとりかかった。それにはまず丹を錬る火壇の設置が必要になる。智泉は滝蔵寺の本堂をそれに当て、須弥壇の上に高さ三尺の火壇を設けることにした。火壇の作り方は密教の護摩の作法を通じて馴染んでいたため、比較的簡単だった。ただ、火壇に用いる土は清浄でなければならないため、滝蔵寺の裏山の丘陵を二つばかり越えたところにある洞穴の土を吟味して運び込んだ。さらにその中心部には細かい白砂を敷き詰めた。

火壇ができ上がると、今度は燃料の調整が要る。智泉たちは、炭を石臼で粉になるまで挽き、これを蒸したもち米といっしょに練り合わせ、鶏卵ぐらいの大きさにして陰干しした。炭団《たどん》である。

次に金丹を錬成するための材料つまり丹薬を調合しなければならない。金丹を構成する基本材は黄金と水銀のはずであった。そして智泉が出雲広貞から教わったのは、『黄帝九鼎神丹経《こうていきゅうていしんたんきょう》』に基づく「丹《たん》華《か》」という金丹錬成法であった。

丹華を得るにはまず玄黄《げんおう》を造る必要があった。玄黄は九種の丹薬から造られる。雄黄水《ゆうおうすい》（硫化砒素の溶液）、礬石水《ばんせきすい》（明礬水）、戎塩《じゅうえん》（甘い岩塩）、鹵塩《ろえん》（苦い塩）、礜石《よせき》（砒素を含む石）、牡礪《ぼれい》（カキ殻の粉末）、滑石《かっせき》、胡粉（鉛白）、赤石脂《しゃくせきじ》（金鉱の露頭が風化したもの）である。これらをそれぞれ三十斤ずつ練り合わせたものを炉に封じ、三十六日間火にかけて玄黄を完成させるのである。これらの丹薬の中には、鹵塩や赤石脂など唐土でしか産しない高価なものもあったが、すべて出雲広貞が用意してくれていた。

丹薬の調合は、錬丹法全体のうちでも最も注意を要する作業である。調合の具合いかんで成功不成功が決定されるといわれていた。慎重の上にも慎重であることが要求される。そのため道教諸流ではそれぞれに神々を祭り、秘呪を唱えながら調合する術法が伝えられていた。広貞が智泉に授けたのは楽子長《がくしちょう》の口伝といわれるもので、元始天尊、太上老君、太上道君の三皇を祭り、七十二精鎮符を懐中にいだきながら行うものだった。しかも、その調合には人差指と小指を除く三本の指をもって捏ね合わせるところが独特だった。

心魂を集中させながらの幾日かにわたる丹薬の調合はかなりの忍耐を要したが、智泉は丹誠込めてそれをやり遂げた。調合された丹薬は黒い水をしたたらせた黒光りする塊だった。大きさは小さな鶉の体ぐらい。夜霧にまたたく星々のように碧瑠璃色や金色の砂子が妖しくきらめいている。

——これが黄金に変わるのか……。

智泉は身震いした。

だが、まだこれで準備が終わったわけではない。丹華を造り出すには、黄金とならぶ基本材たる水銀がかなりの量必要だった。直ちにその作業に取り掛かる。

水銀の精製には飛汞炉《ひこうろ》という炉を用いる。「汞《こう》」とは水銀の別名である。汞を飛ばす炉、つまり水銀を含む丹砂（硫化水銀）から水銀蒸気を発生させて抽出する蒸留器のことである。智泉はその材料として丹砂のうちでも上質の舶来物の辰砂《しんしゃ》を、これも広貞から大量に譲り受けていた。この辰砂を、飛汞炉に入れて加熱し、蒸気を冷やしながら水中に導くと、水銀が溜りだした。

——みずがね……月の精！

水銀を間近に見るのは初めてだった。水の金属、みずがねとも、流れる珠玉、流珠ともいう。黄金が日の精髄であるのに対し、水銀は月の精髄である。

おそるおそる智泉は白い光を放つ溜りに中指を入れてみる。僅かな圧迫感があって表面がくぼんだと思ったらひんやりとした感触に包まれていた。神秘的な心地よさが、指先から全身に伝わる。白い光が指先から入り込んで体内を駆けめぐるような。その時智泉は、水銀が、譬えではなくまさしく夜毎に地上に降り落ち石の中に潜んでいた月の雫そのものが、神秘の過程を経て再びここに凝結したものに他ならないと確信するに至った。

ところが、ここで一つ問題が生じた。丹華を得るためには五十斤の水銀を必要とするが、すべての辰砂を用いても四十斤しか精製できなかったのである。丹薬の量は厳密に決められており、十斤不足しても成功はおぼつかない。十斤の水銀を精製するには丹砂が最低十二斤必要だった。

「はて、どうしたものか……」

これから山に入って丹砂を探す時間的余裕はない。智泉が困っていると、壱奈が名案を思いついた。

「泊瀬への入口の三輪《みわ》に椿市《つばのいち》という市があります。丹砂は伊勢国の特産物。椿市は伊勢道が大和に入る道沿いですから、そこに行けば必ず手に入るでしょう。これからすぐにでも参りましょう」

「そうか！　ありがたい」

早速、智泉たちは椿市に出かけることにした。

24

毎月十八日は観音菩薩の縁日である。

その縁日を明日に控えた長谷寺では、僧たちが堂内に幔幕を張り巡らしたり、供養台や礼盤を運び込んだり、忙しく立ち動いている。燈燭台の種類が違うと怒鳴りつけられる若い僧、見ているだけで役に立たない老僧もいる。観音堂は人いきれで霞むようだった。

長谷寺の十一面観音は二丈六尺もある巨像である。近江国高嶋郡白蓮華谷にあった霊木をもって刻まれたという。天平五年（七三三）に開眼供養されて以来、参詣人の足が絶えず、摩訶不思議な霊験譚が語り伝えられるほどの信仰を集めていた。中でも十八日の縁日の賑わいぶりは大変なものだった。そのため、泊瀬への入口で古来より不定期に行われていた椿市も、いつのまにか観音縁日の前後七日間に開かれるようになっていた。

泰範はこの日、境内の一坊で長谷寺の長老と会った。室生寺の修円を頼ってゆく道すがら立ち寄ったのである。かつて長谷寺の観音堂を造立した賢憬《けんけい》が室生寺の創建者でもあることから、両寺は深い結びつきがあった。忙しいさなかに長谷寺の長老に会えたのも、室生の名を出したおかげである。

泰範は長老から智泉の動向を訊き出し、あわよくば智泉の後見を長老に託するつもりだった。蔭ながら見守ってもらうか、ないしは支援してもらえればと思っていた。しかし、長老の受け答えはそっけないものだった。

「そういう僧が——智泉と申したかのう——最近この山に入っていったとは聞いておる。じゃが、噂では僧とは名ばかりで、外道を奉じ、あまつさえ女人を伴っておるそうな。かくのごとき破戒僧には我ら何の関心も持ち合わせておらぬ。お手前もこれまで何らかの関わりがあったというのであれば、早々に縁を断つがよろしかろう」

これではとりつくしまもなかった。

外道というのは道教のことだろうが、女人を伴っているというのは泰範も初耳だった。だが真偽のほどはともかく、そういう噂が広まっているようでは、智泉との連絡を長谷寺に期待するのは無理かもしれない。

長老のもとを引き下がり、長い回廊を降りながら何としたものか思案していると、

「あの、泰範様でございますか」

と呼び止められた。そうだと答えると、相手は咳こむようにいった。

「室生の修円様からの伝言です。護命様が危篤だそうです！」

「なに!?」

かつての泰範の師元興寺の護命はもはや還暦を過ぎ、長寿といえる年齢に入っている。その護命が危篤とあれば、何をおいても駆けつけねばならない。運が良ければ志賀姫に会えるかもしれない、智

泉の様子も見ておきたいと思って長谷寺に立ち寄った泰範だったが、ここはひとまず二つとも断念せざるを得ないようだ。

「よしわかった。すまぬがこれから室生寺まで行って、修円殿に、泰範は一旦南都に向かい護命律師の容態を見てから室生寺に伺います、とつたえてはくれぬか」

「はい、そういたしましょう」

長谷寺を去る前に、もしやと思って泰範はその沙彌に智泉のことを知っているかどうか訊いてみた。すると、存じております、と答えが返ってきた。そこで泰範は、もし万が一智泉の身に何か起こった場合は必ず連絡してほしい、と頼んで泊瀬の地を後にした。


その翌日のこと。

智泉は丹砂を入手するため壱奈を伴って椿市まで降りてきた。秋の最中にしては暑い日だった。

「今頃どうしてこんなに暑いのか」

「ほんに奇妙でございます」

頭陀袋をかつぐ手のひらにも汗がにじむ。そのうえ椿市は長谷寺詣の往き帰りの人々でごったがえしていた。だが、その方が目立たなくてすむ。

女連れの僧となると他人の目を引かないわけにはいかない。そのため壱奈は普段の巫女服をやめて僧服を着込み、智泉と同じく網代笠を被って男を装っていた。智泉一人でもよかったのだが、丹砂の質を見る目は壱奈の方が肥えている。市の人々に不審の念をいだかれる危険を冒してでも、良質の丹砂を見極める必要があった。

　椿市は都の東市、西市よりも古く、奈良時代から続いている市である。そのため東市、西市ほど政庁の統制を受けることはなく、比較的自由に交易できる雰囲気があった。東西市では廛《くら》という常設の建物を設けていたが、ここではいつでも撤去できるような臨時の屋形が多かった。しかし官の統制を受けていない分だけ、思わぬ品物が店頭に並ぶこともあった。

　丹砂もその一つである。丹砂はそのまま高価な岩絵具である朱になるし、精錬すれば水銀となる。特に水銀は伊勢の特産品として朝廷に直接献じられる貴重な品物だった。

「ありました。あそこのようです」

　壱奈が智泉にささやいた。十字路ばかりの東市とは違って三叉路や五叉路など入り組んだ路をめぐった端っこの方に、その店があった。

「よし！　ついているぞ」

　店頭にあやしげな石やら木の破片やら葉っぱの類が並べてある。薬石を売る店らしい。その中に、須恵の器に盛られた深紅色の土塊があった。

「その丹砂を十五斤ほどほしい」

　その声に初老の店の主人はうつむいたまま、

「そんなには差し上げられませんや」

　と、しゃがれた声で答えた。

「なぜじゃ」

「……」

「ないのか？」

重ねて智泉が訊くと、

「五斤以上の商いは禁じられてまさあ」

といって顔を上げた。右目は刀傷で塞がっていた。

今度は智泉が黙り込む番だった。

「それにお坊さん。そんなに多くの丹砂を何になさるおつもりで――。まさか御禁制のみずがねを造ろうというんじゃあないでしょうねえ」

「……いや。そのようなことはない」

一瞬たじろぐ。

「だが、何に使おうとお手前の知ったことではない」

「まあ、それもそうじゃが……」

主人はそういいながら、二人の僧の足の先から頭までじろじろと嘗め回すようにみている。

壱奈がその時、何事か智泉に目で合図した。すると智泉はうなずきながら、肩に担いだ頭陀袋をどさっと地面に降ろした。そして口を開けると中味を店先に並べ始めた。

上等な白絹であった。たちまち十巻きほどが山型に積み上げられる。

「絹五匹《ひき》分じゃ。これでいかがかな」

主人の眉がこまかく震えた。無言のまま、しばらく奥に引っ込んでいたが、出てきた時には右手に鉢ほどの大きさの麻袋を持っていた。

「十五斤じゃ。……ただし儂から手にいれたことはくれぐれも内緒にな——」

にんまりと笑いながら麻袋を智泉に手渡した。智泉はそれを頭陀袋に納めて再び担ぎ上げた。

——よし！　これで材料がすべて揃ったことになる。

逸る気持ちを押さえながら智泉はいま来た路を戻り始めた。


志賀姫一行の長谷寺詣は今日で三日目だった。長谷寺参りは志賀姫にとって別に初めてではない。だが今度のは智泉の幻にひきつけられての旅だった。どこから聞いてきたのか鍵丸が、智泉はいま長谷寺周辺にいる、という。もしそうならば確かめておく必要がある。赤箸翁が唱える『双鳥の尸解』の霊薬を飲んでもらうためには居場所を知っておかねばならないし、第一やはり逢いたかった。

今回は鍵丸と槙が一緒だった。槙には出発前に、智泉を探す旅でもあることを打ち明けた。その時槙は、じっと志賀姫を見つめ、

「姫のお気の済むまでお供いたしましょう」

といっただけだった。

寺詣ではそれでも人の心を解放する。鬱積しがちだった志賀姫の気分も、秋たけなわの泊瀬の紅葉、澄みきった渓流と涼しげな滝落などを眺めているうちに、すこしずつ和らいでいった。槙はそれだけでも来た甲斐があるとみていた。

だが、長谷寺に詣でる傍ら、智泉についての消息を寺僧から訊こうとしたにもかかわらず、一向に

様子がわからなかった。というのは、「最近、泊瀬の山中に修行のために入り込んだ若い坊さんについて何か知っていますか」と訊くと、まったく知らないという答えが返ってくるか、始め聞いたことがあると返事をする人でも、どこで何をしているのか少し詳しく尋ねるとそのうち口をつぐんでしまうか、いやじつは知らないなどといいだす始末で、まったく要領を得なかったのである。

そのため、僧侶に尋ねるのをあきらめて里人に訊いてみたところ、中にその居場所を知っているという老婆がいた。そこでその老婆に案内してもらい、やや奥まで入っていったところ、老婆が突然震えだした。その場所にあったはずの御堂がないというのである。老婆は頓狂な声をあげ、こけつまろびつしながらさっさと下山してしまった。後に残された志賀姫たちは、ただ呆然と立ち尽くすのみだった。

智泉の足跡は捉えようとする手の先から、するりと逃れてゆく。

泊瀬逗留が三日目になっても状況は変わらず、志賀姫たちはいったんあきらめて帰洛することにした。観音日にあたるこの日、志賀姫はもう一度長谷寺に詣で、その足で帰途についた。街道を下りるとそこは椿市である。人の賑わいも今日が最高であった。

それは志賀姫一行が市に足を踏み入れた矢先のことである。捜し求めていた智泉の幻が実物となって目の前に現れたのは――。

「……いざ出会ってみますというと、びっくりするやらはずかしいやらで、しばらくはただおろおろするばかりでした。でもあの方は、まさかわたくしたちにそこで逢うなどとは思いもしなかったのでしょう、こちらよりも驚かれたご様子で、お担ぎになっていた袋を取り落としそうになったほどでした。

それでもすぐに背筋を伸ばされ、『お久しうございます。無沙汰のほどはお許しください。お変わりなさそうで何よりと存じます』と若々しい張りのあるお声でおっしゃられました。わたくしも思わず顔を上げたまま『はい』と答えてしまいましたが、その時見た智泉様のお顔はご気力に満ちているせいか、それまでお逢いした時よりなお一層輝いていたように思われます。

あとで槙――というのはわたくしの乳母ですが――から姫様らしくもないと叱られてしまいましたが、なぜかいっぱいお話したいことがあったはずなのに、喉に言葉が詰まったまま出てこなかったのは未だに不思議でなりません。わたくしが黙ってしまったので、槙が代わりに言葉をしばらく交わしていたようです。そうこうしているうち、わたくし、ふと妙なことに気が付きました。智泉様の袋をもつ右手の指先が黒ずんでいたのです。それも人差指と小指を残した三本指が。よく見ると下にたらした左手も確かに同じ指だけが薄墨に染まったような色を帯びていました。

ずっとわたくしはそれに目を止めていたようです。われに返ったのは、あの方が『それでは修行中の身ですので、これにて失礼します。姫様にも神仏の御加護がありますようにお祈りしております。ご縁があればまたお目にかかりましょう』とお別れをおっしゃった時でした。その時になってようやくわたくしは『智泉様！』とお声をかけることができました。でも、その後わたくしの口からついて出た言葉はただ一つ、『ごきげんよろしう』の一言だけでした。わたくしの胸の中で沸騰していた言葉の堰は、ついに切って落とされることがなかったのです。

智泉様はお連れのお坊様と一緒にわたくしたちとすれ違うように椿市の外の方に歩いてゆかれました。ところがそこでもう一つ奇妙なことに気が付いたのです。お連れの方が歩き出す直前、網代笠の縁に手をかけて軽い挨拶をされたのですが、その時二の腕が墨染めの衣からのぞいたのです。その腕の白いこと！　あの白さは決して殿方の腕の色ではございません。女人に違いない――と思ってみると、終始笠の中に顔を埋めていたことや、どこか振舞いの柔らかいことが合点がゆきます。わけはともかく、尋常ならざる所行としか申されません。それを知った時、わたくしは無念でございました……」

志賀姫はいまも恋しさと恨めしい懐いで胸が張り裂けそうだった。

しかし、赤箸翁は眉一つ動かさずに訊いた。

「智泉と申すものの指先が黒ずんでいたのはまことか？」

「え、……はい」

「智泉は金丹を造ろうとしておる」

「どうしてそのようなことがおわかりになりますか」

智泉が泊瀬の山に入ったのは、じつは道教修行のためらしいということは、どこから聞きつけたものか鍵丸が秘かに知っていた。鍵丸からその話を聞かされたとき、志賀姫は半信半疑だったのである。十月の朔日に都の東市で赤箸翁に逢う約束のあった志賀姫は、十月に入った今日、椿市での智泉との出会いを語り、道教修行の件についても赤箸翁に訊いてみるつもりでいた。それがいま、赤箸翁の口からも、鍵丸の話を肯定する言葉が吐かれたのである。

「指先が黒化するのは、初心の道士が丹薬をこねる際に引き起こす症状じゃ。しかも、人差指と小指は汚れていないと申したな。だとすると、洞玄霊宝派の作法に従って『丹華』という金丹を造ろうとしているに違いあるまい」

「……」

「儂の式占にこの頃、霊宝派の不穏な動きを示す徴が出ていたのはこのことやもしれぬ」

丹薬を練る時に指が黒化するのは、雄黄に含まれる砒素のせいか、あるいは指先に残る水銀の酸化のせいかもしれない。金丹を練る作業は他人に知られては成功しないという鉄則があるため、練達の道士はすべてその防御の仕方も心得ていたという。

赤箸翁は矩形にも円形にも見える碧色の瞳を見開いていった。

「儂が練り上げる『双鳥の尸解』の霊薬はそなたと智泉とが共に口に含まねば、効果がない。そなたの場合はともかく、智泉にそれを含ませる方策が要用じゃが、その妙案をいま思いついた」

「まことでございますか」

思い詰めたような姫の声である。

「して、それはどのような」

うむ、とうなずいて赤箸翁はその方策を姫に語り始めた。

25

芒の穂に宿った朝露が、陽の光に当たって淡く輝き始めている。凍てつくような空気が洛北の山間を覆っていた。と思うと突然、
シュワン！

という金属音が静寂を破って山間にこだまする。続いて聞こえる鋭い気合い――。

シュワン！　シュワン！　はっ！　いやっ！

小石を投げられた湖の氷のように、あたりの空気がビーンと震える。

それが数十回ほど繰り返された頃、

「よう。相変わらず精が出るのう」

と声がかかった。

「牛黒か。なんだこんな朝早くから」

暁明は錫杖を腋の下におさめて額の汗を拭った。

「まあ中に入れ」

もうすぐ霜の降りる時節とみえて、草庵の中も寒気が頬をなでる。

「あれから三月になるのう」

「うむ」

牛黒が三月といったのは、智泉が京家に戻るのを半年待ってもらいたいといってからのことである。

「長者様が何とおっしゃるか心配じゃったが、一応の了解をいただいた時は儂も胸をなで下ろしたものじゃて」

「……」

「じゃが、半年が限度じゃ、と厳しいお顔でいいなさった。京家の浮沈にとってそれ以上一刻の猶予も許されぬというお覚悟が表れていたのう」

——長者様は、半年を過ぎても戻らぬ場合は若を斬れとまでおおせられた。恐ろしいことじゃ。じゃが、そのようなことを一言でも暁明に喋ろうものなら、長年若の面倒を見てきた暁明のこと、何をしでかすかわからん。

牛黒は続けていった。

「それにしても道教修行のため泊瀬に籠られるとは思いもよらなんだわい。おまけに半年の間、身辺に近寄ることは相ならん、と申されるし」

「若には若なりの考えがあってのことだろう。我々は蔭ながらそれを見守っておればよい。つべこべ文句をいうでない」

「いやいや文句をいうているわけではない。じゃが、以前おぬしが申した志賀姫とやらは、もはや若の近くにはいないようだな」

「はて、そうかのう。ひそかにこれは深い縁と予感していたのだがなあ……」

「ともかく、都と違って遠い泊瀬となるとまったくもって見守りにくい。現に北家の輩が時折長谷寺あたりに出没することがあるという噂も入っておる」

「なに！」

と暁明は傍らに置いた錫杖に再び手をかけた。

「まあそういきり立つものではない。じつは近々、北家の北の方が長谷寺詣をするらしく、北家の輩が長谷寺周辺にうろついておるのはその準備と警護のためらしい」

腰を浮かしかけた暁明は、どさりと坐りなおした。

「しかし用心するに越したことはないな」

と暁明が促すと、

「そういうことだ」

牛黒が奥歯を噛みしめながら答えた。


その頃、智泉は滝蔵寺の本堂に設置した炉の前で瞑想に浸っていた。

「丹華」の練成に取り掛かってからすでに十八日が経過していた。丹華を得るための前段階である「玄黄」ができ上がるまで、あと十八日を残すのみである。

錬丹の炉を築く作業はかなり手間がかかった。まず九種の丹薬を調合したものを、「神宝《しんぼう》」と呼ばれる金製の円筒に入れる。高さ一尺、径五寸のもので、蓋には径一寸の穴があいていた。蓋を開けて丹薬を入れた後に厳重に封をする。次に下端が閉じている漏斗形に似た銀製の器を、「神宝」つまり金筒の蓋の穴にしっかり差し込んで封をする。この銀器は「水海」と呼ばれ、錬丹の熱反応が激しすぎないよう、熱を押さえる冷却水を入れるためのものだ。この金筒と銀器の結合体が内器である。

次に、この内器を瓦製の外器に納めなければならない。この瓦器は高さ二尺五寸、径一尺の円筒形で、中に燃料が敷き詰めてある。燃料はもち米と炭粉から作った炭団である。瓦器の側面には通気孔が開けてある。炭団の一部に火をつけてから、内器が傾かないようていねいに炭団を追加し、銀器の部分が露出するよう目張りした。

炭団の火力は三十六日間以上にわたって、ゆっくりと燃焼してゆくであろう。たとえ燃焼が早すぎることがあっても、金筒の中の温度は銀器の冷却水によって低く抑えられている。ちょうど胎児が体温と同じ羊水の中で生長してゆくように、九種の丹薬は適温の中でゆっくりと反応し、玄黄に向かって変容してゆくはずであった。

しかし金丹を練り上げるには、こうした丹薬を扱う作業だけでは絶対に生成されない。それに加えて心の修養が必要不可欠であった。錬丹を営む者にとっては、自らの心魂と身体もまた錬丹炉と化さなければならないのである。錬丹炉内の丹薬の生長と、心身の霊力の生長とが正しく感応道交することによってのみ、霊薬は完成するのであった。

この心の修養に関して、智泉は出雲広貞から特殊な観想法を伝授されていた。身体内にある九ヶ所の「丹田」つまり力の座のありかを観想し、それぞれの丹田に潜む霊力の流れを捉えて一つに結集させる、というものだった。霊力の流れと強さはほかならぬ丹薬の生長の仕方を反映し、また逆に丹薬の生長にも影響を与えるはずであった。九つの場所とは、尾骶骨、臍下、みぞおち、心部、左右の肩、喉下、眉間、頭頂であるという。なかでも臍下と眉間の丹田は特に重要で、それぞれの丹田の霊力を一度臍下に集め、そこから眉間に向けて逆流させることによって、心身の鍛錬が成就すると指示された。

ところが、九つの丹田を認知しようとする最初の観想を始めたとき、だしぬけに椿市での志賀姫との遭遇が目前に蘇って智泉は面食らった。あの時は本当に驚いたものだが、つとめて平静さを装った。久しぶりに見た志賀姫は、以前の桃の実のようなふくよかさは失せて、水晶を思わせる彫琢された美しさに変わっていた。だが、その美しさを、遠くのものを見るようにしか智泉には眺められなかった。しかし志賀姫の幻視は、智泉の観想を邪魔するかのように執拗に付きまとう。体内にあるという九つの丹田の座位をどうにかこうにか認知できる段階に到達しても、なお出現することがあった。しかも不思議な印契を結びながらまぶしい裸身を露にして——。

——何ということだ!

智泉の脳裏に、志賀姫の幻視の呪縛に陥って意識を失った灌頂会の苦い思い出がよぎった。

——これでは同じことではないか!

志賀姫が意図的に妨害しているのか。

「まさか」

——そんなことはあるまい。

壱奈に相談することも考えたが、志賀姫との関係をあかすのはためらわれた。

結局、自力で幻視を振り払うよう一層観想に心魂を集中させるほかはなかった。そうしているうち、智泉はあることに気がついた。幻視を避けようとして、それを追いやろうとすればするほど、幻視はより光を放ち智泉の心にまとわりつく。逆に幻視に逆らわず意識の正面で見すえようとすると、幻視は光を弱め輪郭がぼやけてくる。だが少しでも忌避の気持ちが働くと幻視は再び戻ってくる。心と幻視のだましあいのようなものだった。やがて何度かの試行錯誤を経て智泉はそのこつをつかんだ。観想を開始して半月を迎える頃には志賀姫の幻視に悩まされることがなくなった。

智泉は幻視を克服したのである。

智泉の観想はより深く自己の中に潜行していった。

26

都城の中央を南北に貫く朱雀大路。その大路を鍵丸は北に向かって歩いている。四条付近からは、大内裏の入口に位置する朱雀門を真正面にみながら、左右に連なる土壁ごしに豊楽院や紫宸殿の宮城群が望まれた。だが三条を過ぎるあたりになると、朱雀の大門が威嚇するように間近に迫ってくる。緑の甍が落日を受けて金色の光を惜しげもなくあたりにまき散らし、丹塗の大柱も蠱惑的な紫色に変じていた。

門前の大路には上臈人の影はすでになく、任務を終えて帰途につく下級官人と、これから宿直の警護につく者たちが行き交うのみであった。

そのまま朱雀門に吸い込まれそうなめまいを覚えながら、鍵丸は三条坊門を西に入ってゆく。その足取りはいつになく速かった。やがて北に向きをかえ、一丈はあろうかという高い塀に囲まれた広壮な館の中に姿を消した。藤原北家、冬嗣の別邸である。

「……なに、するとその方の姫御は智泉と同時に尸解するのを望んでおるというのだな」

秦真足がかん高い声で鍵丸に問い質した。

「うん、間違いない。おいら手助けをするよう頼まれたんだから」

「はて途方もないことを。姫御は賢いと聞いておるが、しょせん娘は娘じゃのう。そのようなことをまともに考えておるのか」

鍵丸は少しムッとなった。

「だけど――」

「よいか。そもそも尸解などというものを儂は信ぜぬ。体だけ残して魂は抜け去って神仙の位に入るなどというのは、道家のたわ言じゃ。だいいちそのようなことが有り得る証拠が無い。

たとえばだ、尸解仙となった者が後に残した抜け殻と、ただの凡人の屍とをどのように儂らが区別できるというのじゃ。唐土によくいう話に、死んだと思って埋葬したところが街はずれでその死んだはずの人物に会った者がいたので棺をあけてみたところ剣とか竹杖とかがその中にあるだけだった、だからこれは尸解仙に違いない、というのがある。だがその手の話は、ほとんど聞き伝えとしてしか語られないし、その話の源をたどったとしてもせいぜい棺内の剣や竹杖を見たと主張する人間に行きつくだけじゃ。その人間が死体と竹杖や剣をすり替えたかもしれぬではないか。

つまり尸解があるのかどうかを確かめるには、尸解仙そのものに逢って空を飛ぶなりパッと消えるなり、仙人である証拠でも見せてもらわにゃなるまいが、どっこい尸解仙側としては仙人になった以上俗世間とは交渉を持たぬ、ということになっておるので確かめようがない。それを神秘不可思議と称して持ち上げる。ほんとうのところは五里霧中に置かれたままじゃ。そういうのは元々実体が無いのに虚言を重ねて厚塗りし、あたかも実体があるかのように思わせる道家の小細工とおぼしい。とても信じられたわざではない」

厚い瞼の奥の眼をギラつかせながら真足がいった。

「ましてそれを二人が同時に行うなど、荒唐無稽もいいところじゃな。一体どのようにして同時に尸解しようというのじゃ」

「はあ、それが『双鳥の尸解』の秘法なんだそうです。赤箸翁が練り上げた霊薬をいっしょに飲むことにより、赤箸翁の霊力に導かれて尸解を遂げられる、と姫様はいってた」

と鍵丸がいう。

「霊薬か……ふむ、じゃがその霊薬とやらを、姫御の方はよいとしてどうやって智泉の口に入れるのじゃ。説得でもしようというのか。あるいは無理やりか。殺してしまった後では尸解どころの話ではなくなるぞ」

「それがなにやら難しい話なんだ。その霊薬は錬丹炉とかいう炉に入ったまま二つ赤箸翁から姫様に手渡される。錬丹炉が二つだ。ところが智泉もいま、錬丹炉を作って霊薬を練っている最中だっていってた。どうしてそうなのかはしらないけど。姫様の話では、赤箸翁は智泉の錬丹炉に合わせて『双鳥の尸解』の錬丹炉を造ったとかいうことだった。そして、赤箸翁から渡された錬丹炉と智泉の錬丹炉とをすり換えるんだとか」

鍵丸の話は次第にひそひそ声に変わっていた。真足は、うーむとうなって黙り込んだ。

「そんなことがうまくできるんだろうか」

「……」

「おいらは姫様にそれを手伝ってくれるように頼まれている。姫様の頼みとあれば何でもするつもりだけど、なにか空恐ろしい気がして……」

いつもは鼻っぱしの強い鍵丸が、小動物のようにおびえている。

「すり換えるといったところで、大きさやら形やら中味まで同じにしないことには相手に気づかれるだけであろうが。それを姫御は承知しておるのかの」

「その点は大丈夫なんだって。何とか派とかいう道教の錬丹炉の造り方は細かく定められていて、形も大きさも皆わかるらしい」

「おおかたすべては赤箸翁の指示で動いておるようじゃから、ぬかりはあるまい。……じゃがやはり儂には茶番としか思えぬ」

「だけどもし、ほんとうにそんなことが起きたらどうなりますか」

鍵丸が真足にそう訊いた。

「茶番じゃないとすれば、か……ふむ、姫御の抜け殻だけが残されることになるかの」

「抜け殻とはどんな……？」

と、おそるおそる鍵丸がいう。

「わからん。儂は尸解を信ぜぬが、もし尸解があるとして首尾よくそれに成功した場合、残るものは魂の抜け去った姫御の体だけじゃ。それを屍《しかばね》というのかどうかは知らぬ」

鍵丸は悪寒に膝を震わせた。

「それは困る！　とんでもないことだ」

わははははは、と突然真足は大笑いをした。

「どうした鍵丸、いつもの威勢は？　屍と聞いて怖気づいたか」

「いや、そうじゃない。姫様が生きているのでなければ何にもならないから困るといったんだ」

「だから、さっきから儂がどうせ茶番だといっておるではないか。安心せい」

「だけど、おいらには万が一にもそんなことが起こってもらっては困る」

「……」

「万が一にも間違いが起こらぬようにするにはどうしたらいいんだ。真足様だったらそれぐらい考え付くでしょう」

真足はじっと鍵丸の眼を見つめていった。

「そんなに姫御が大事か」

「う、うん」

「……よし、わかった。ならばこうしよう、姫御の方の錬丹炉を無害なものとすり替えるのじゃ。それなら万が一にも間違いは起こるまい」

「なるほど」

鍵丸の顔が一瞬ほころぶ。

「よいかおぬし。姫御が赤箸翁から錬丹炉を手渡されたら、なんとか一つを盗み出して儂のもとに持ってくるのじゃ。そしたら外見だけ似せて中味の違うものを造らせる。それを姫御に当てればよい」

「えっ、盗み出すんですか」

「姫御の命を守るためじゃ。やむを得まいが」

「はあ」

「姫御は錬丹炉のことまで詳しく知るわけはない。中味が多少違っていても気づきはすまい。本物と思って中の無害な偽の薬を飲むであろう。それなら死ぬことも尸解することもない。どうじゃな」

「さすがに真足様じゃ」

鍵丸は感心しながらしきりにうなずいた。やがて、「よく知らせてくれた」と真足に褒められ、報酬をもらって鍵丸は引き上げた。

――鍵丸の奴め、姫御が助かりさえすれば後はどうなってもよいと見える。智泉が尸解の霊薬で死ぬかもしれぬというのにのう。じゃが、尸解の抜け殻やら屍やらが残るのもまた面白かろう。われらが北家にとっては京家の息の根を止める手間が省けるというもの。

真足は手元にあった矢をとって弓につがえた。矢は、ヒョールルルと奇妙な音を立てて庭の木に突き刺さった。

——ちょうどよい、来月は冬嗣様の北の方様が長谷詣をなさる予定じゃ。それにかこつけて儂も泊瀬にいってみようかの。鍵丸の手助けでもしにな、はは——

「はははは」

真足は声に出して笑い続けていた。

錬丹炉に火をともしてから三十六日が経過した。智泉たちは炉の目張りを解き、金属製の内器を取り出した。銀器を金筒からそっとはずす。金丹を得るための母胎となる玄黄ができているはずであった。

上からのぞきこむと、作業を開始する前は黄金色に輝いていた金筒の内壁が、一面黒い不純物のような付着物で覆われていた。だが、その暗い底の方に、梅の実ほどの塊がいくつか認められた。その塊は瑪瑙のような鈍い光を放っていたのである。

「玄黄が仕上がったようです。おめでとうございます、智泉様。あと一息でございます」

壱奈がうれしそうにいった。

智泉は壱奈の顔を見て緊張したままうなずき、もう一度視線を金筒の中に戻した。天の光が地に降り注ぎ、地がそれを承けて自ら光り始めたような、そんな色をしていた。その塊を取り出そうと手を差し伸べたとたん、

「いけませぬ！」

壱奈が制止する。

「玄黄ができたとはいえ、これはまだ蛹のようなもの。汞《こう》つまり水銀の養分を吸って丹華になるまでは人の手が触れてはならないのです」

「おう、そうであったな。つい夢中になってしまった」

続いて智泉たちは次の段階に取り掛かった。

まず錬丹炉の中の炭団を新しいものと取り替えておく。次に先にはずしてある銀漏斗形の器の底に小さな穴を開ける。つまりこれで文字通りの「漏斗」になったわけである。この銀器をもとのように金筒の上に設置し、目張りする。

次に飛汞炉を用いてあらかじめ作ってあった水銀五十斤を銀器に注ぎ込む。水銀は銀器の縁近くまでたまり、盛り上がった表面が龍の鱗のような虹色に光っている。銀器の底に穿たれた小さな穴から水銀の雫が静かにしたたり落ちているはずだった。太陽の精である玄黄が、月の精としての水銀と交わり育まれることによって霊妙なる物質、丹華が生じるのである。

銀器には瓦製の蓋をかぶせて目張りをする。蓋には八卦が放射状に朱書きされ、中心にやはり小孔が穿たれていた。

以上の作業を作法通りに終えると、それをもとのように壇上に設置した。玄黄から丹華に生長させるための準備が整ったわけである。それは蛹から蝶への変身になぞらえられる、丹薬の最終的な変容過程だった。ただ今度は錬丹炉内の炭団だけの燃焼では不十分で、炉全体を外側から加熱させなければならない。質のいい陶器を焼成するときのように、火を絶やさないための不断の工夫と監視が必要だった。燃焼の期間は二十日と定められている。

これらの支度がすべて整ったとき、智泉は突然、壱奈から暇乞いを告げられた。

「智泉様、これまで長らくお傍におかせていただき、ありがとうございました。智泉様のご修道をお助け申し上げるように、との養父より拝領した使命もこれにて終了でございます」

「何を申されるか。これから一番大事なところを迎えるというのに――」

智泉は狼狽した。

「そなたの力添えがあったればこそ、ようやくここまでこれたのだ。あと一息で金丹が完成するというときにそなたに去られては、わたし一人で成就させられるかどうか確信が持てない。是非とも留まってくれ」

「いえ、わたしのお力添えなどは僅かなもの。ここまでこれたのは智泉様ご自身の信念の賜物ではなくて何でございましょう。智泉様のご精励ぶり、見事でございます。微力ながらそのお手伝いをさせていただきましたこと、誇りに思っています。それに、これよりあと丹華を育てるまでの工程は、余人を交えず独りにて行うものときびしく定められてございます。このままお傍にお仕えしたいのは壱奈の望むところなのですが、それでは金丹が完成いたしません。やむなく立ち去らねばならないのです」

「そうか……そういうことであればしかたがないなあ」

「これから二十日間の作法はご存じですね」

「うむ、心得ておる。……しかし残念だ」

嘆息しながら智泉がいった。

「どうぞお心やすう。わたしは智泉様のご成就を固く信じております」

「そなたの献身ぶり、一生忘れはしまい。帰ったら広貞殿にくれぐれもよろしく伝えてください」

壱奈が滝蔵寺を去るとき、智泉はふと汚れていない人差指と小指で壱奈の左の頬を撫でた。労をねぎらうつもりだったのだろう。壱奈は驚いたが、逆に智泉の瞳をじっと見つめ、なにかものいいたげな表情を見せた。しかし結局黙ったまま深々と頭を下げて霜の降りた早朝の山道を下っていった。

壱奈を見送る智泉の頭の中では、早くも今後に待ち受ける厳しい修行の工程が渦を巻いていた。残された二十日の内、前半の十日間は瞑想に打ち込めばよいが、十一日目からは断食しながら不眠不休の行を十日間続けなければならない。これが錬丹の最後の山場になる。それが終わった後火を止めて一昼夜自然に冷ませば丹華が完成することになっていた。


それは最後の瞑想を始めてから五日目の夜のことだった。

半眼に開けたまま瞑想を続けていた智泉の視界から、眼の前の須弥壇や錬丹炉などあらゆる物の形と色が消えていった。自分の身体の感覚も失われてゆく。色にも形にも染められることのない虚空にただ自分の意識だけが浮かんでいるようだった。無垢清浄の境、とでもいうのだろうか。形骸を離脱するとはこのようなものかもしれない、何という解放感であろう。これまで味わったことのないすがしさの中に智泉はあった。

と思いきや、その虚空に九つの小さな光が出現した。それは自分の体内にあるはずの九つの丹田から発する光であることに智泉は気がついた。形骸を放れてなお光を放つ丹田とはいかに霊妙なものりであるかをあらためて知らされた。

その九つの光は智泉の意識を呼んでいた。智泉はとまどった。光が呼んでいてもどうすればいいのかわからなかったからである。しかし、やがてこれまでの観想の訓練通りに丹田の力の還流を行えばよいと悟った。つまり九つの丹田がもつ力を、いったん最下部の丹田に集め、一つになった力の束を額の丹田に向けて逆流させるのである。

智泉の意識の集中度が高まるにつれて九つの光は輝きを増してゆく。たびかさなる観想の訓練でも容易ではなかった力の逆流が、面白いようにうまくいった。額丹田の光は渦を巻きつつ肥大化し、他の八つの光を取り込んだ。その光に集められた霊力は強まる一方で、その輝きは智泉の意識にとっても耐えがたいほどになっていた。

智泉の意識がついに耐えかねて一瞬「まばたき」をした。

その刹那、光の爆発が起こった。いや、爆発があったのかどうかはわからない。「まばたき」の後に智泉の意識が「観《み》た」ものは、無垢清浄な虚空を満たすおびただしい光点の群れだった。しかも光点の群れはすべて、中心とその周囲八方にならぶ九光を一単位としていた。九つの光は初めにあった九つの丹田の光と同位同等のものであることを理解するのに「時」はかからなかった。だがそれぞれの光は同等でありながら個性をもち、さらに意識すらもっていた。

智泉の意識は、それらの光の意識に融通無碍に同化できる奇跡を享受した。数え切れない九つの光の集団はそのそれぞれが中心の光を歓喜のうちに賛嘆していた。真の存在の素晴らしさと摩訶不可思議さをたたえていた。歌い、かつ舞い、かつ踊りながら。

智泉の意識はいまや無量無数の光の一つであると同時に、そのすべてでもあった。

——これほどの至福があろうとは！

智泉の意識は果てしなく高揚し、喜びに震えた。

——これが世界の真の姿なのかもしれない。

法悦の極限に至ろうとするとき、突然智泉の意識はいま「観」ているものが、密教に説く曼荼羅の世界像に似ていることに気がついた。いや曼荼羅そのものであった。あらゆる存在と森羅万象は絶対者大日如来の化現であることを図示する大悲胎蔵曼荼羅、縦横に展がる仏菩薩の群れによって世界の真なる姿を表現する金剛界曼荼羅。それを智泉はいま直《じか》にみていた。なるほどこの境地は空海阿闍梨がいったように、言葉ではいいあらわせず図形の力を借りなければ表現できないものであった。いや、それでも表現などはできない。ただただ暗示するのがせいいっぱいであろう。

——これだったのか！

だが、まてよ。空海阿闍梨はただ単に道教を未熟な教えとして捨て去ったはず。しかし、いま「観」ているこの境地は道教の修行法を通じて密教曼荼羅の奥旨に到達したことを示すもの。とすれば、もしかすると空海阿闍梨が体得できなかった道教密教一義の境地を啓いたのだろうか。

だが、この地点まで至ってみると、もはや他人と自分との優劣だとか、道教と仏教の相違だとかはどうでもよいことがらになっていた。九つの単位からなる無限の光の集団に包まれて智泉はただただ至福の境にあったのだ。そして無数の九の光は、もう一つの光を呼んでいた。それはどうやら己が心であるとともに、生きとし生けるすべての衆生の心でもあるらしかった。おびただしい光の曼荼羅に摂取される己が一心と衆生の多心《たしん》は、一にして多だった。殻がこわれて自分の心が衆生の心に向かって溶け出してゆく。これまで出会ったすべての人の心がそこにあった。亡き父母から、氏の長、暁明、牛黒、最澄、空海、泰範、志賀姫、広貞、壱奈、はたまた有象無象の市井の人々に至るまで。私と彼らは各別ではない。重なっているのだ。鏡を貼りめぐらされた部屋の一本の蝋燭が無限の灯火の映しを産み出すように。そしてあらゆる人々の心が、九の光にそれぞれ迎え入れられるのは、すでにこの世の始まる前から決まっているのだ。

智泉は突然、涙した。衆生への限りないあわれみの念に圧倒されたからである。よもや自分がこのような失態を冒すとは想像してもみなかった。いや、失態だろうか。この留めようもなく溢れ出る涙は。まるで生まれて初めて味わうような痛みと喜びの入り混じった感情の嵐に、智泉は快く身を任せていた。

27

十一月中旬に入ったある夜。

泊瀬にある滝蔵寺の境内に二つの影が現れた。小雪が降り始め寒気が厳しさを増しているにも拘わらず、二つの影はすばやく移動していた。一つの影の手には、明りが足元にしか漏れない隠し灯台が握られている。それらの影は本堂に近づくことなく、本堂から東北の方角を往きつ戻りつしながら地面にへばりつくように動いていた。

やがて本堂から十間ばかり離れたところで止まった。

「どうやらここのようです」

「掘ってみましょう」

押し殺した男の声に女が答えた。灯りに照らし出された地面は、その部分だけまわりと土の色が違っている。最近掘り返されたことを示していた。

土は柔らかかった。しばらく掘り下げると奇妙なものが出てきた。紙で人の形をかたどった物だ。

「鬼」という字が三文字重なるようにそこに朱書されている。

「何枚ありますか」

と、女の声。

「全部で七枚です」

「するとあと三日ですね」

女が呟くようにいう。

「赤箸翁のいったことはやはり本当だった……」

二つの影は志賀姫と鍵丸だった。

十一月の初めに志賀姫は市の奥深くで赤箸翁に逢った。「双鳥の尸解」の霊薬を受け取るためである。霊薬は錬丹炉に入ったまま、一つは志賀姫用、一つは智泉用に二基手渡された。智泉用とは、智泉が現在とりくんでいるはずの錬丹炉とすり替えるための物である。二つの炉は鍵丸に運ばせたが、その時志賀姫は赤箸翁より様々な指示を受けた。

——「双鳥の尸解」の霊薬は月の雫である汞、すなわち水銀《みずがね》が変化を遂げたものじゃ。汞は霊妙な作用を体に及ぼすが、同時に危険な働きもする。よいか、わずかな疑念が生ずれば汞の働きは阻害され、「双鳥の尸解」も失敗に終わる。儂の霊力を二つの炉に封じておいたから、よもやしくじるとは思えぬが不測の事態が起こらぬとも限らぬ。精進を重ねてゆめゆめ疑うてはならぬぞ。

またこうもいった。

——智泉の錬丹法によれば、最後の十日間は断食しながら不眠不休で行を続けるはず。しかも断食に入ってから一日に一回、戌刻に悪霊を封じる人形《ひとがた》を東北の方角の地中に埋めなければならない。その人形を数えればいつ行が終わるかがわかる。炉を入れ換える機を逃すでないぞ。

紙でできた人形が赤箸翁の予想した場所から出てきたことは、赤箸翁の信憑性をより一層志賀姫に印象づける結果となった。それは鍵丸にも同じ効果をもたらした。

——真足様はああいってたが、やっぱり赤箸翁のいう尸解はあるのかもしれない。万一のことまで考えていて良かった……

「さあ、もとに戻しましょう」

二人は急いで人形を地中に埋めて土をかぶせた。

28

観音日が近づくにつれて泊瀬の山の口に椿市が立ち、長谷寺周辺が賑わい始めた。例年だと十一月に入ってからの泊瀬は観音日といえども寒さのせいで人の足が遠ざかり、閑散となるはずだった。が、今回は今をときめく藤原北家の北の方が長谷寺詣をするという噂が広まり、がぜん時節はずれの活況を示し始めていた。北の方の長谷寺到着はまだ二、三日先の予定だったが、秦真足はすでに門前の宿場に入っていた。その真足を鍵丸が訪ねたのは、滝蔵寺に人形を探りにいった翌晩だった。

「できておるぞ」

といいながら、真足は鍵丸に錬丹炉の形をした物を渡した。

「おぬしが持ってきたものと瓜二つであろう」

赤箸翁から志賀姫が二つの錬丹炉を手渡されたあと、志賀姫の眼を盗んで真足のところに持参した錬丹炉と確かによく似ていた。

「これなら大丈夫だ。本物とちっとも区別がつかない」

「これでおぬしの姫御の命が救われるのじゃからのう、感謝してもらわねば困るぞ」

「おいら、姫様の命を救うためだったら何でも……」

「で、智泉の方は手抜かりないようにな」

「わかってらあ」

真足はことの成行きを楽しんでいるように薄ら笑いを浮かべている。

——これでうまくすれば手を下さずに智泉の息の根を止めることができるかもしれない。智泉がもし落命するようなことがあったら、ちょうどよい、長谷寺の坊主に弔わせればそれですむことじゃ。

「じゃが、姫御と二人でよく館を出られたのう。何というて出てきたのじゃ」

「別になんとも。夜明け前に無断で抜け出したから。姫様はたぶんもう都の屋敷には戻らないみたいだ。だってあんな必死のお姿はこれまで見たことがない」

真足は何度もうなずいていた。


その頃、都の志賀姫の館では二日以上も姫の消息がないため大騒ぎとなっていた。槙や家人たちの頭の中に、数年前紅葉狩りに出かけて賊と出会った苦い思い出が蘇った。当然、館から一緒に消えた鍵丸に拉致の嫌疑がかかった。

すでに都の中は捜索し尽くしたが、姫の消息はつかめなかった。都の外に出たと考えざるを得ない。そこで、これまで姫が出かけたことのある場所を手分けして探すことになった。高雄や宇治、さらに南都から長谷寺まで。槙も捜索に加わりたかったが、数年前の怪我のせいで足手まといになる可能性があったため、館に残ることにした。

南都、長谷寺方面への捜索隊が出発したのは、十一月十四日の朝である。

「鍵マロ！」

真足から偽の錬丹炉を受け取って宿所に戻る途中の鍵丸を呼び止めた者がいる。鍵丸は一瞬足がすくんだ。

「花夜叉か、びっくりさせるない。なぜおまえがこんなところに――」

京にいるはずの花夜叉が泊瀬に現れたことに鍵丸は驚いた。しかも宵の口で人影もない山沿いの路である。

「この前会ったときのおまえの顔つきは普通じゃなかった。鍵マロはなにかいやなことを無理強いさせられているに違いないって、そう思ったんだ。虫の知らせっていうのかね、胸騒ぎがおさまらない晩、おまえの館んところに行ったら、案の定、姫様と出てゆくじゃあないか。それでつけてきたんだよ」

「……」

「どうして黙ってるんだい。すこしはうれしそうな顔してくれたっていいじゃないか」

「邪魔だ」

「え？」

「ここでは花夜叉は邪魔だといってるんだ」

鍵丸がぼそりといった。

「心配してるってのに、なんだいそのいいようは！」

「心配はいらん、よけいなお世話だ」

鍵丸は花夜叉の視線を避けるように横を向いてしまった。花夜叉はしばらく黙っていたが、急にしゃがみこむと、わっと泣きだした。

「……そりゃあ、あたいは姫様みたいな器量よしじゃない。だから好きになってくれとは一度も頼んだことがない。だけど鍵マロのことが好きなんだ。だから心配ではるばるついてきたんじゃないか。それをよけいもののように足げにするなんてあんまりじゃないか」

しゃくりあげながら花夜叉がいう。だが鍵丸の返答はない。花夜叉は鍵丸の正面にまわってじっと見つめた。

「鍵マロ、どうしたんだい。おまえ、なんかおかしいよ。何しに来たんだか知らないけど、おまえきっと誰かに唆《そそのか》されてんだよ。あたいの知ってる鍵マロじゃないもん……。お願いだからこんなところにいるのはやめて、あたいといっしょに帰ろうよ」

そういって花夜叉は鍵丸に抱きつこうとした。だが鍵丸は炉をかかえてあとずさった。

「なんだいその壷は」

癇に触った声で花夜叉が訊く。

「おまえには関係ない」

「ははーん。さっきからおまえの態度がおかしいのはそのせいだね。宝物かい。え、あたいに見せられないってのは気に喰わないね」

花夜叉がふざけ半分に奪おうとする。

「やめろ！　そのうちわかる。今は帰れ」

しかし花夜叉はやめようとしない。

「花夜叉、たのむからいまはそっとしておいてくれ。このみかえりは必ずする」

鍵丸は花夜叉に懇願した。だが、花夜叉は鍵丸が抵抗するのを面白がってますますからみつく。

「やめろといってるのがわからないのか！」

鍵丸は花夜叉を突き飛ばし、真顔で恫喝した。

花夜叉は呆然としていたが、すぐ気を取り直すと獲物を狙う野性の獣のような目付きに変わった。

「ちくしょう！」

やけのあまり花夜叉は本気になって奪いにかかった。二人は炉をめぐってもつれあう。そして花夜叉が炉の蓋に手を懸けたとき――

「ウッ！」

喉から絞り出るような声だった。

「か、かぎ…ま……ろ……」

沈んだ花夜叉の胸には深ぶかと懐剣が突き刺さっていた。鍵丸は顔を引き攣らせながら、喘ぐように肩で息をしていた。


志賀姫が滝蔵寺へ探りにいってから三日たった十五日の夜。

星の光が肌に刺さるように冴えた晩だった。もう真夜中を過ぎ、丑の刻に入ろうとしている。

滝蔵寺の境内は吸い込まれるような青い光の靄に包まれていた。白装束に身を包んだ志賀姫の方が、かえって輪郭のおぼつかない幽鬼にみえる。だが、北斗に向かって禁呪を唱える姫の横顔は鋭利な刃物のように美しい。

子の刻前に、智泉は十日間の断食行と前後二十日間に及ぶ錬丹炉の燃焼を終えて寝所にひきとっているはずであった。子の刻を越えると日が替わってしまうからである。その証拠に本堂は施錠がしてあった。

「鍵丸、頼みますよ」

志賀姫がそう声を懸けた。鍵丸はひとりごとのように、

「夜が青い……」

と呟いた。鍵丸はおびえていた。だが、

「鍵丸！」

姫に叱咤されて、気を取り直した。もう取り返しのつかないところまで鍵丸もきてしまっている。

鍵丸は幾種類もの鈎形の鍵を取り出して、扉の内側の枢《くるる》にその先を引っかけ、難なく扉を開いた。その名前は鍵の扱いに長けているために付けられたものだったのである。

中に足を踏み入れると、つんとした香りが鼻をついた。堂内にまだ立ちこめている煙の匂いだ。

目指すものは須弥壇の上にあった。だが、手前に置かれた金属の異様な器物群、護摩の積木、さらに須弥壇のうしろに懸けられたあでやかな絵像が姫をとまどわせた。赤箸翁の指示にこうしたものは

含まれていない。しかし、ここでぐずぐずするわけにはいかなかった。

須弥壇上の錬丹炉はまだ余熱があったが、さわれないほどではなかった。炉は大きさといい高さといい赤箸翁が造ったものとまったく同じだった。最後まで気づかず仕舞いだった一箇所をのぞいて――

慎重に錬丹炉を壇から降ろし、代わりに都から運んできた赤箸翁の錬丹炉をそこに据えた。そのあと志賀姫は懐中から香袋のようなものを取り出し、智泉が坐っていた礼盤《らいばん》の茵《しとね》の下にそれを差入れた。

「双鳥の尸解」を確実なものとするためには形見となるような品物を、相手の近くに置くべし――と赤箸翁がいったのである。

本堂を出ようとしたとき、志賀姫だけがもう一度須弥壇の方に戻って、鍵丸をとまどわせた。うずくまって礼盤を抱いた志賀姫の肩が震えている。

「姫様？」

志賀姫が頭を挙げる。

「鍵丸。わたし……こわいのです。こんなこと、やはり無理なのでは。取り返しのつかない過ちをおかしてしまうのでは……」

あれだけ気丈だった姫から意外な言葉が洩れて、鍵丸は驚いた。

「ひ、姫様、そんないまさら。なにを弱気な。少しでもためらえばうまくいかない、という話だったのでは……」

しばらく間があった。

「そうでしたね。こんなことでは成就するものも成就しなくなります。さあ、行きましょう」

姫は気を取り直して足早にその場をあとにした。

29

一昼夜おいた夜明け前。あけの明星が東の山の端に現れると、智泉は本堂に入った。錬丹を開始してから五十七日目、ついに炉を開封する時が来たのである。

激情とともに啓示が訪れた夜以来、智泉は須弥壇に密教的な設備を導入していた。数々の密教法具を壇上に並べ、壇の後ろには最澄より伝授された図像をもとに以前自ら描いた金剛界八十一尊曼荼羅をかかげた。すべては観想中に感得した道密合一の啓示を確かなものとするためだった。ここにきてようやく智泉は悟ったのである。かつて抱いた自らが法の王になる野望の空しさを。わが行はいまや自らのためのみならず、万民に向けてのためのものになるのだ。この行の成就は万民への救いとなるべきものなのである。曼荼羅の万ずのみ仏もそれを嘉《よみ》しているではないか。

曼荼羅の設《しつら》えに守られるように据えられた錬丹炉を前にして、智泉の眼が霞んだ。一昼夜の休息では疲労の芯が抜けきれるものではない。十日間に及ぶ不眠不休の行が鉛のような疲労を残していたのである。なかば朦朧とした意識を奮い立たせながら、智泉はまず元始天尊、太上元君、太上老君の道教三神に祈りを捧げ、ついで大日如来を始めとする密教諸神に加護を願った。そして開封にとりかかる。

あるいは智泉の疲労がこれほど重くなかったならば、あるいはもしも夜が明けきって充分ものの輪郭が見えていたならば、気づいたかもしれない——錬丹炉は智泉の造ったものと寸分の違いもなかったが、上蓋に朱書きされた八卦の回り順だけが逆だったのである。これは赤箸翁のミスだったかもしれないし、智泉の方が間違っていたのかもしれない。しかし、まさか錬丹炉が入れ替わっているとは智泉は思いもよらない。蓋は何事もなくはずされた。

同じ頃、泊瀬の宿所では志賀姫が二つの錬丹炉を前にしていた。一つは智泉のところからすり替えて持ってきたもの、もう一つは「双鳥の尸解」を成就するために赤箸翁が練り上げた霊薬の入ったもののはずだった。鍵丸さえも遠ざけて、志賀姫は最後の仕上げにかかろうとしていた。姫はいまや放心状態で、ものを考える気力は失われていた。死の危険すらも感じなかった。ひたすら赤箸翁を信じて智泉との「双鳥の尸解」を望むのみだった。もちろん、赤箸翁が整えた錬丹炉がじつは鍵丸によって偽物とすり替えられていることなど知るはずもなかった。

30

ぽっかり穴の開いた炉を智泉はおそるおそる覗き込んだ。炉の中心をなす金筒の中は暗く、青緑色の鈍い照り返しがところどころにあった。しかし底の方にはぼんやりと何かの塊がいくつか見える。手を差し伸べてそっと一つ掴み上げた。掌の上でその鶉の卵ぐらいのものは雪のように白く光った。

——これが丹華か……

太陽と月の雫、黄金と水銀の結合から生まれるという自然の霊力の凝縮物。金剛石のようになにものにも傷つけられない身体と、隠された真実を理解できる智恵を与えるという神秘の霊薬。これを得たあかつきには、宇宙の最後の秘密の扉が開かれるだろう。

——出雲殿、やりましたぞ！　出雲殿に替わってわたしが出雲殿の夢を叶えて差し上げましょうぞ！

だがまて。もし……もしもこれが不完全な失敗作だとしたら……。古来より金丹を成就するのはきわめて難しいといわれる。一歩間違うと命の危険を伴うともいう。こううまく成就にたどり着けるものだろうか。

——いや、決してたやすくはなかった。それにあの夜の輝かしい啓示はなにより成就を暗示するものではなかったか。

錬丹炉と我が身体との感応道交には自信があった。古来の失敗の原因の多くは、この感応の不充分さにあるといわれてきた。

——いまさら何をためらう。危険な賭を前にしてしりごみするのか。そんなことでは真実の扉はおまえの前では永遠に開かぬぞ——

夜が次第に白んできていた。夜が明けきってから金丹を飲むのは禁じられている。ここで後戻りすれば何事も始まらない。

智泉は掌にあるものを一気に呑みこんだ。

体を引き裂くような激痛が全身に走った。狼狽して口にしたものを吐き出そうとしたが、すでに体がしびれてままならない。

——こ、これはなんということだ！　蛹から脱皮する苦しみか……

だが激痛は止まなかった。

グホッ
掌の吐血に我が目を疑う。苦しさに耐えかねて錬丹炉を叩き壊した。その破片で腕の筋が裂けたようだが、麻痺していてなにも感じない。そのまま智泉は未知の深淵に向かって限りなく遠ざかっていった。昇っているのか墜ちているのかさえわからなかった。

やがて板壁の隙間から一条の金色の光がもれて極彩色の曼荼羅を照らし出した。

ギラギラと朝日に映る妖艶な仏たちは、永遠の法楽をいつまでも讃えていた。

同じ頃、泊瀬の宿所で志賀姫もまた錬丹炉を開けた。だが中は空だった。狂ったような叫び声をあげて宿所を飛び出そうとする姫を鍵丸は必死で抱きかかえた。

31

智泉の変事が知れ渡った翌日の午後、泊瀬は鉛色の雲に覆われ、しんしんと雪が降り始めた。

鍵丸は一昼夜、物ぐるいのような志賀姫を宥めるのに疲れ果て、つい、うとうととまどろんでしまった。そして気がついたときには姫の姿はなかった。鍵丸は「ウオーッ！」と言葉にならない声を挙げると、すぐ姫の足跡を追って駆け出した。

小半刻も捜しまわっただろうか、あとからあとから雪が積もって姫の足跡も追えなくなり、鍵丸はほとんど諦めかけた。やがて鍵丸は泊瀬川のほとりに惚けたように立ち尽くした。

その時である、降る雪の中で水面《みなも》に浮かぶ白衣《しらぎぬ》の志賀姫を見たのは——。

「きれいだ……」

鍵丸は陶然とつぶやいた。

だが気を取り戻し、谷に降りようとした瞬間、なにものかが放った矢が鍵丸の胸板を深く刺し貫いた。ヒョウルルルという奇妙な音を残して……

川沿いの藪の中で弓を下ろした秦真足はにんまりと笑みを浮かべた。しかし、たちまち闇から現れた男の攻撃にさらされた。

「おのれ、なにやつ⁉　北家と知っての狼藉かっ！」

真足の怒号に、

「よくもわれらが若を殺《あや》めたな。覚悟しろ！」

と雪の中から返事が飛ぶ。牛黒の声だった。

「血迷うたか。射たのはこのあたりの賊の一人じゃ」

「あたりまえだ、あやつのことではない。智泉様、いや京家の跡目の崇丸様をなきものにしたのは、おのれらであろう。許さん！」

「なにをいうか。智泉は自滅したのじゃ！　京家もおろかよのう」

「問答無用！」

いつ果てるともわからない剣戟の打ち合う音が、雪に籠って地を這った。

その間、志賀姫の華奢な体がなにものかによって抱きかかえるように川から引き上げられた。

32

それから半月後の弘仁五年（八一四）十二月。

チチチ、と瑠璃色の小鳥が窓枠に積もった雪を蹴散らし、またどこかに飛び去った。都は雪がやんで陽が差し始めた。

泰範は、槇に会うため、志賀姫の館を訪れていた。

「先月、智泉殿が倒れていた滝蔵寺に駆けつけたとき、本堂の礼盤の下でわたしが見つけた香袋は、蜀江錦でできていました。最初手にしたときどこかで見覚えがあると思いながらも、それがどこでなのか思い出せなかった。しかし何故かそれを表に出すべきではないという直感があったので、秘かに持ち帰ったのです。それからほどなくして思い出しました。その蜀江錦は、いつぞやわたしが志賀姫を東市に連れ出した折、錦鏖で姫が手に取ってじっと見つめていた錦にちがいないのです」

と泰範がいう。

「それはほんとうですか」

槇が驚いていった。泰範は、ついと立って、

「ほら、これです」

と香袋を槙に差し出した。槙はしばらく見つめてから、

「確かに姫がもっていた錦の生地と同じものです。ですが同じものはどこにでもあっておかしくないはず」

「わたしもそう思いたいが、その中の薬香は鷲鬱金《しゅううこん》と申しましてな、黄鬱金《きうこん》、麝香《じゃこう》、沈香《じんこう》、紫檀《したん》、唐《とう》青木《せいぼく》の五薬を和合させた特殊な薬香。まぎれもなくわたしが以前姫に与えたものだったのです」

槙は何かいおうとしたまま顔が凍りついてしまった。

「そんな……」

「智泉の変事に志賀姫がなんらかの関わりを持ったことは疑いないでしょう」

泰範が続けていう。

「わたしはそれとは別に、本堂に壊れて横倒しになっていた器の底の残りかすをかき集めて、内薬司正の出雲殿のところに持ち込んでみました。出雲殿は狷介な人ですが、薬物の知識にかけては当代随一ですから」

その出雲広貞は泰範にこう告げた。

――あの塊の中に、汞つまり水銀から作られる昇汞《しょうこう》という劇薬が入っておった。昇汞は普通の典薬司ふぜいでは、あることも知らない秘薬中の秘薬でござる。なぜそれが器の中にあったのかがわからぬ。ただ……

広貞は顔の皺を一層深く折り畳んだ。

――儂のほかに昇汞を作れる人物が一人いる。赤箸翁というおそるべき道士でな、やつが伝える術法にはこの秘薬を尸解の時に用いると聞いたことがある。

――尸解!?

――さよう。それも二人以上の修道者が第三者の強力な神通力に導かれて尸解を遂げるという「双鳥の尸解」の折にな。尸解そのものが霊力と徳力を兼ね備えねば絶対叶わぬというのに、それを第三者の力で行うなどと夢物語としか儂には思えぬがの。

――ですが智泉はわたしが知る限り泊瀬で道士の修行をしていたのです。とすれば、昇汞とやらいう薬物を扱う機会もあったのでは……

と泰範がいうと、広貞は決して他言しないという泰範の誓約を取り付けたのち、滝蔵寺において智泉はじつはほかならぬ出雲広貞そのひとの指導に従い錬丹道を究めようとしていたことを打ち明けた。

――じゃが儂の指示にしたがっている限り、断じて昇汞ができるようなことはないのじゃ。妨害があったのに違いないのじゃ。……有望な才器であったのに不憫なことよのう。

広貞はしきりに目をしばたたかせていた。

「そこで」と泰範が槙にいう。

「わたしは赤箸翁とやらをほうぼう探しました。姫の行方の手がかりをつかんでいるやもしれないですからな。しかしどこにも赤箸翁の足跡はなかった。いつも姿を見せる東市にもその後現れたという噂は聞いていません。昇汞の出所はわからないのです」

泰範はそういって肩を落とした。志賀姫は、家人や泰範などの懸命の捜索にもかかわらず、あの時以来、行方不明のままだった。

するとは畳紙に包んだものを取り出して黙って泰範に手渡した。泰範がゆっくり開くと、中から二本の丹塗りの箸が出てきた。それぞれの箸頭には小さく「斗」の字が彫ってあった。

「姫様の形見のひとつです。東市で求めたとおっしゃっていました。かつては肌身離さず持ち歩いていましたので、よほど大事な品とお見受けしました」

「ではこれは――」

泰範はあっけにとられた。

丹塗りの箸は赤箸翁が売り歩くという禁呪を込めた箸に違いなかった。姫と赤箸翁の交渉を物語るものに他ならない。

「すると、もし姫が赤箸翁と逢っていたとすれば、智泉の礼盤の下に姫の持ち物があったことといい、昇汞が器の中にあったことといい――」

泰範はごくりと息を飲み込んだ。

「……姫は『双鳥の尸解』を目論んでいたのかもしれない！」

槙は何も差しはさむ言葉がない。

「ですが、もし本当に『双鳥の尸解』を望んでいたとすると、姫はやはり智泉を命がけで慕っていたのでしょう。だが結局、智泉は自分の練り上げた金丹を飲む代わりにその『双鳥の尸解』の秘薬を飲むはめになって命を落とした。何故そうなったのか……」

泰範は言葉を止めた。

「いや、いまさら無用の詮索はやめましょう。それにしても智泉の変事の時、志賀姫が泊瀬にいることさえ知っていたなら、なんらかの手を打てたかもしれないものを……うかつだった」

「でも、姫様の亡骸は見つかっていませんから、きっとどこかにおいでなのに違いないのですが……」

「そうでしたな。それにしてもどこにいるのやら」


結局、おおやけには智泉の変事は自死ということで片がつけられた。智泉の亡骸が京家によって埋葬された時、なお体にぬくもりがあったことは堅く秘された。

京家はこれ以降、二度と政治の舞台表に浮かび出ることはない。


空海は、智泉が本意をとげないまま泉下の客となったことを深く哀れみ、追悼の哭文を書く。

33

半年後の弘仁六年（八一五）夏。

大和多武峰の山中奥深くに分け入る若い女の姿があった。

神代の昔からあたりを睥睨してきた檜や杉の巨木が、山を冒す者を威嚇する。鬱蒼と生い茂った葉《は》叢《むら》が天を覆い、地面は薄暗く湿っぽかった。さっきまで晴天だったにもかかわらず、突然篠つく雨が女を襲う。女は近くの岩室に身を寄せた。雨が止むと女は再び山を登り始める。葉叢からしたたり落ちる雫を縫って、不気味な山鳥の鳴き声がこだまする。

女は口に六甲の秘呪を唱え、あるかなきかの獣道を慎重に足場を確かめながら歩いてゆく。なにかを探るような、警戒するような足取りだ。清楚な服装《なり》ではあったが、咲き始めた色香が隠しようもなく匂い立つ。

一刻ほどが経過し、もうすぐ山頂というあたりでようやく女は足を止めた。苔むした巨大な岩の洞が目の前にある。かつてここが田身嶺《たむのたけ》と呼ばれた頃、両槻宮《ふたつきのみや》という道観があったところである。

女は深い呼吸をし、一心に秘呪を念じた。やがて納得したようにうなずくと、洞の中に向かって鋭く叫んだ。

「赤箸翁！　姿を見せなさい」

すると洞の中からくぐもった声が流れ出た。

「さすが出雲広貞の秘蔵っ娘《こ》、よくぞ儂の居所がわかったうえ、結界を破ってここまでやってこれたものじゃ。褒めてとらす」

女は壱奈であった。壱奈は養父の言葉から赤箸翁なる人物が智泉の変事の鍵を握っていることを察知し、習い憶えた術法を使ってずっとその行方を捜し続けていたのである。

「して、何用じゃ」

壱奈は単刀直入にいう。

「なぜ智泉様を害した」

「智泉？　誰のことじゃ」

「知らぬとはいわせませぬぞ。半年前、滝蔵寺で錬丹道を修行中の智泉様に、劇薬を含ませて命を奪ったのは、汝の差配であろう」

「……」

「あの劇薬が、汝らの道術で『双鳥の尸解』とかいう妖し気な秘法に用いるものであることはわかっているのですぞ」

洞の中からは声がなかった。

「なんとかいったらどうですか。それともその通りなので何もいえないのでしょう」

「儂がなんのために智泉を害するのじゃ？」

壱奈は一気に畳みかけた。

「『双鳥の尸解』は汝ら茅山派の秘法中の秘法。至難の技である分、成就すればそれを導いた道士にとって最高の誉れとなるそうな。智泉様が金丹を練っていることを巧みに利用して霊薬をすり替え、『双鳥の尸解』の威力を試そうとしたのであろう。成就すれば名誉が手に入る。たとえ失敗しても、われら霊宝派に怨恨を持つ汝としては、霊宝派の新しい芽が潰れるだけのこと。汝にとってはどちらにころんでも得るところがあったはず。いつわりをいうと許しませぬぞ」

洞の暗闇に凶《まがま》がしい気配が走った。壱奈は思わず身を伏せる。地面に堆積した枯葉にしみこんだ雨水が頬を濡らすのもかまわず、そのまま動かなかった。だが何も起こらない。

凶気は薄らいだ。壱奈はおそるおそる顔を挙げた。赤箸翁の警告らしい。壱奈は相手の実力を思い知らされた。

やがて声が流れた。

「おおかた出雲の入れ知恵であろうのう。じゃが儂も安くみられたものじゃ、ふほっほっほ」

しわがれた笑い声が洞内にこだまする。

「……儂は確かにそなたらの道流には与《くみ》せぬ。この国で茅山派と霊宝派の争いがあったのも事実じゃ。しかし儂にはそなたらへの恨みなどあろうはずもない。永劫の時を知るものに、恨みなど虚しい。ましてや名誉など何ほどのものでもない」

壱奈はじっと聞いている。

「『双鳥の尸解』の霊薬を含ませたのは、そなたのいう通りこの儂じゃ——」

「ではやはり——」

今度は壱奈が殺気だったまま、洞内に踏み込もうとした。だが、

「動くでない」

と静かに制止されると、体が思うようにならない。

「『双鳥の尸解』は確かにしくじった。智泉は儂の霊薬を飲んだが、もう一人が飲まなかったのじゃ。……じゃが壱奈とやら、じつは智泉は尸解を遂げたのじゃよ」

壱奈は自分の耳を疑った。

「嘘です！　智泉様は絶命し、亡骸は長谷寺裏に埋葬されたはず……」

「尸解のなんたるかを知るものはこの国に儂以外には居らん。たとえ出雲でもな……。練達の道士ならいざしらず、智泉のような未熟者が尸解を遂げるためには強靭な霊薬が要った。儂はその霊薬にありったけの霊力を封じ込めたのじゃ。未熟な身体には当然重い負担となる。一時的に激痛をともなって生身の死を迎えたように見えることにもなろう。じゃがそれは蛹から蝶へ変身する隠れ蓑に過ぎん。肉は形骸じゃ」

「……」

洞からの声は饒舌だった。

「『双鳥の尸解』の片方が霊薬を飲まなかったからといって、飲んだ方も尸解が無効になるなどと思うのは、赤箸翁の霊力をみくびったもの。儂はそれほどやわではない」

壱奈はしかし信じられなかった。

「信ぜぬも無理はない。じゃが試しに智泉の屍のありかをたずねてみよ」

「智泉様の亡骸？　……失せたとでも申されるのか」

しばらく返答がない。

「やがてわかるであろう……じゃが所詮この国ではわれらが黄老の教えは根付かぬ……」

声は次第に遠のいていった。壱奈はあせった。

「待って！　赤箸翁――」

壱奈の呼掛けは洞のなかに虚しく吸い込まれるだけだった。あたりはしんと静まり返って鳥の声さえ聞こえない。

そのとき壱奈は洞から吹き上げる突風に襲われた。すさまじい速さでつむじ風は壱奈の体を横切り、山上に去っていった。だが壱奈は風を避けようとするどころか、そのまま呆然と立ち尽くしていた。

——智泉様……

つむじ風が過ぎる瞬間、その風は間違いなく壱奈の頰を指で撫でていったのである。それは忘れもしない、滝蔵寺を去るときに智泉が壱奈の頰を撫でたのと同じ、あの二本の指の感触だった。

「智泉様……智泉様でしょうか」

声に出して訊いても答えはない。

——いまのが尸解魂……？

壱奈の問いは、暑さをぶり返した大気に陽炎のように揺らいで散ってゆく。

エピローグ

宇治川の上流を瀬田川という。そのほとり、石山寺に隣接したあたりに粗末な庵が結んであった。暁明の隠棲所である。おりから、かねてよりの知り合いが石山寺の夏安居《げあんご》の終了に伴う布施のおこぼれを届けにきていた。暁明と同じ伴氏のひとりである。その訪問者はふと庵の外にひとの気配を感じて眺めやると、若い女の姿がくっきりと目にとまった。華奢な女は笑みを浮かべて飛鳥をながめている。その鳥がやがて水面に着水するのをそのまま目で追っていたが、突然なにかにおびえるように両腕で体を包んで、庵に入ってきた。

「こわい……」

と女はつぶやく。

訪問者は怪訝な面持ちで眺めていた。

「もう大丈夫だ。なにもこわいことなぞ、ありゃせん。安心するがよい」

と暁明が声をかけると、女はしばらくしてまた外に出ていった。

「あわれなおなごでな。半年以前のことを何もおぼえておらんのじゃ。近くの縁者に預けてあるのじゃが、ときどきここに遊びにくる」

女は志賀姫だった。

姫を救ったのは、またも暁明だった。暁明は、智泉のことが気になり、牛黒を追って泊瀬に向かった。その途中の道筋で水面に浮かぶ姫を見つけたのである。暁明は智泉の後見役をまっとうできなかった無念さを押し殺し、洛北の草堂を畳んでこの地に韜晦《とうかい》した。その折志賀姫も連れてきた。牛黒がいうように、姫は智泉の子を宿しているかもしれなかったからである。しかし、どうもその兆候はなさそうだった。ならばこれからどうしたらよいか、迷っていた。このまま都に戻せばいいのだが、智泉を葬り去った闇の力に翻弄されるのが落ちである。それも不憫であった。

「なんというおなごですか」

訪問者が聞くと、暁明は答えた。

「さあて名もわからない。そうさな、浮舟とでも呼んでおくのがよかろう」

このときの訪問者がやがて志賀姫との間にもうけた娘は歌人藤原兼輔《かねやす》を生み、そのまた曾孫にわが国最長の物語を書く宮廷侍女を輩出することは、また後の話である。

了

あとがき

近年、古代・中世の日本文化における道教的側面の研究が進んでいます。教団としての道教は日本にもたらされなかったけれども、その知識は天文学、陰陽道、医法などさまざまなかたちで日本に伝えられていたことがわかってきました。本作は、平安初期に密教を学んだ若者がその道教的世界にもあこがれて仏教と道教の融合をめざす、という物語です。その主人公は政治的な権力抗争の犠牲者でもある、という設定となっています。

この物語の主要人物のうち、智泉、泰範は実在の人物です。ただし、智泉はじっさいには最澄門に学んだことはなく、終始空海の弟子でした。また物語における没年も史実とは異なっています。いっぽうの泰範は、最澄門から空海門に変わったことで有名な人物ですが、出自などはよくわかっていません。ここでは皇族の末裔としました。また、謎の道士赤箸翁は、『本朝文粋』『本朝神仙伝』などに紹介されている平安時代前期の奇妙な人物白箸翁《しらはしのおきな》をモデルとしています。その赤箸翁が志賀姫の人相に認めた「杜徳幾《ととくき》」という特徴については、唐の『酉陽雑俎《ゆうようざつそ》』巻四を参考にしました。

このたび、本作で歴史浪漫文学賞優秀賞を受賞したことは望外のよろこびです。編集から刊行まで親身にお世話をいただいた郁朋社の佐藤社長、ならびに編集部諸氏に、あつく感謝申し上げます。

【おもな参考文献】

・上山春平『上山春平著作集8　空海と最澄』法藏館　一九九五年
・北山茂夫『日本の歴史4　平安京』中公文庫　一九六五年
・薗田香融『平安仏教の研究』法藏館　一九八一年
・栂尾祥雲『栂尾祥雲全集2　秘密事相の研究』臨川書店　一九八二年
・福永光司『道教と日本思想』徳間書店　一九八五年
・福永光司・上田正昭・上山春平『道教と古代の天皇制』徳間書店　一九七八年
・福永光司・千田稔・高橋徹『日本の道教遺跡』朝日新聞社　一九八七年
・C・G・ユング、R・ヴィルヘルム他『黄金の華の秘密』人文書院　一九八〇年
・渡辺照宏・宮坂宥勝『沙門空海』ちくま学芸文庫　一九九三年
・『日本古典文学大系71　三教指帰　性霊集』岩波書店　一九六五年
・国史大系編修会編『尊卑分脈』一～五　吉川弘文館　一九七七年
・葛洪『抱朴子』岩波文庫　一九九七年
・段成式『酉陽雑俎』巻四　平凡社　東洋文庫　一九八一年

双鳥《そうちょう》の尸《し》解《かい》 ―志《し》賀《が》姫《ひめ》物語《ものがたり》―

平成二十四年八月十一日　第一刷発行

著　者　泉《いずみ》　竹史《たけし》

発行者　佐藤　聡

発行所　株式会社　郁朋社《いくほうしゃ》
東京都千代田区三崎町二―二〇―四
郵便番号　一〇一―〇〇六一
電　話　〇三（三二三四）八九二三（代表）
ＦＡＸ　〇三（三二三四）三九四八
振　替　〇〇一六〇―五―一〇〇三二八

印　刷
製　本　壮光舎印刷株式会社

装　丁　立花　幹也（イエロードッグスタジオ）

落丁、乱丁本はお取替え致します。
郁朋社ホームページアドレス　http://www.ikuhousha.com
この本に関するご意見・ご感想をメールでお寄せいただく際は、comment@ikuhousha.com までお願い致します。

ISBN978-4-87302-530-8　C0093